MYSTÈRE AUX APPALACHES

Les aventures de
Emma *et* **Anne**

Mystère
aux Appalaches

Roman jeunesse

Sylvie Roberge

Illustration : Alice Côté Braün

L'Avantage
Les publications

Catalogage avant publication de Bibliothèque et Archives nationales du Québec et Bibliothèque et Archives Canada

Roberge, Sylvie, 1962 23 avril-

Mystère aux Appalaches : roman jeunesse

(Les aventures de Emma et Anne)
Pour les jeunes de 8 à 12 ans.

ISBN 978-2-923943-01-5

I. Côté Braün, Alice. II. Titre. III. Collection: Roberge, Sylvie, 1962 23 avril-   Aventures de Emma et Anne.

PS8635.O127M97 2011   jC843'.6   C2011-942148-8
PS9635.O127M97 2011

Dépôts légaux
4ᵉ trimestre 2011
Bibliothèque nationale du Canada
Bibliothèque nationale du Québec

© Les publications L'Avantage, 2011
183, Saint-Germain Ouest, Rimouski (Québec) G5L 4B8 CANADA
Téléphone : 418 722-0205 – 1 877 722-0205
Télécopieur : 418 723-4237
Site Internet : www.publicationslavantage.com
Courriel : publicationslavantage@lavantage.qc.ca

Reconnaissance d'aide
Les publications L'Avantage est inscrite au Programme d'aide aux entreprises du livre et de l'édition spécialisée de la Société de développement des entreprises culturelles (SODEC) pour ses activités d'édition et bénéficie du Programme de crédit d'impôt pour l'édition de livres – Gestion SODEC – du Gouvernement du Québec.

À tous les amoureux de l'hiver

Je tiens à remercier chaleureusement M. Marcel Lévesque pour avoir si gentiment partagé avec moi sa passion pour les courses de traîneaux à chiens.

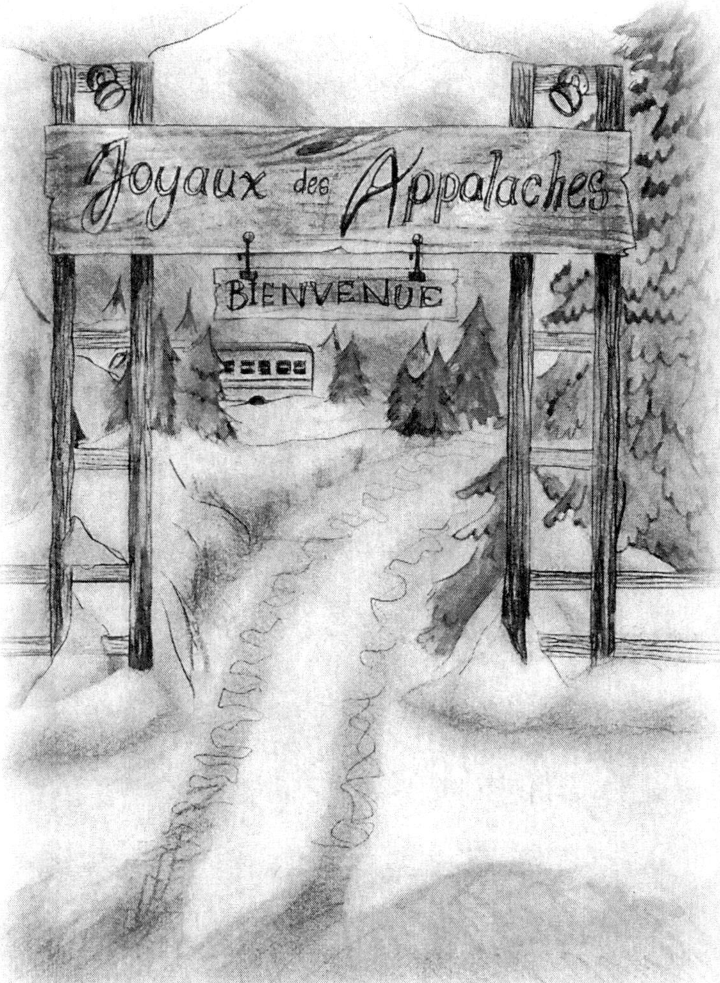
Joyaux des Appalaches
BIENVENUE

CHAPITRE UN

Les « Joyaux des Appalaches »

« Con – duc – teur ! Con – duc – teur !
Dor – mez-vous ? Dor – mez-vous ?
Pe – sez donc sur le gaz !
Pe – sez donc sur le gaz !
On n'a – vance pas !
On n'a – vance pas ! »

Le chauffeur de l'autobus jaune sourit patiemment dans son rétroviseur aux vingt-deux enfants survoltés. Ils avaient épuisé leur répertoire de chansons pendant les trois dernières heures de route et s'acharnaient maintenant sur celle-là.

Les adultes qui accompagnaient le groupe se situaient, quant à eux, à la limite de la crise de nerfs. Mme Jeanne se leva subitement. Même si sa courte stature offrait peu de contraste entre la station assise et debout, sa voix autoritaire imposa immédiatement le silence.

— Les enfants, c'est assez! Calmez-vous! Nous arrivons dans quelques minutes.

À cette annonce, des cris de joie retentirent et les bavardages bruyants reprirent de plus belle. L'institutrice, découragée, se rassit lourdement aux côtés de Patrick, le papa d'Emma.

— Comment allons-nous garder le contrôle de ces enfants quand nous serons parmi les chiens?

Mme Jeanne articulait le mot « chien » d'une façon qui en disait long sur son opinion peu flatteuse à leur sujet.

— Ne vous en faites pas, la rassura Patrick, tout ira bien. Mon beau-frère Denis, qui nous rejoindra à Québec avec l'autre classe, m'a assuré que Marcel est bien organisé et qu'il n'y a aucun danger. Je crois que ma fille Emma n'a pas fermé l'œil de la nuit tellement elle avait hâte de partir… Moi non plus, d'ailleurs, ajouta-t-il en riant.

Derrière eux, Emma discutait avec entrain avec Maxime, son compagnon de banc. L'excitation colorait ses belles joues rondes et ses longs cheveux blonds virevoltaient au rythme de ses gestes.

— Oh Maxime! C'est le paradis sur terre! Je vais revoir ma cousine Anne et on va passer trois jours parmi des gros toutous.

— Ce ne sont pas des toutous, Emma. Ce sont des huskies de Sibérie.

— Tu me fais penser à ma cousine, le taquina Emma en le poussant du coude. Elle aime bien avoir les mots précis, elle aussi.

— J'ai hâte de la rencontrer, ajouta Maxime de sa voix claire et rapide.

Il semblait toujours anxieux de ne pouvoir achever une phrase. Mme Jeanne, leur professeure, lui intimait, jour après jour, l'ordre de ralentir le débit, mais c'était peine perdue. La mère du garçon avait énoncé l'hypothèse que son fils avait développé cette habitude afin de se faire entendre à la maison parmi ses quatre grands frères.

— Dans notre correspondance, ta cousine et moi, poursuivait Maxime à toute vitesse, on a échangé plein de titres de livres.

Ses périodes de lecture étaient les seuls moments où Maxime respirait calmement.

— On peut dire que tu as été jumelé avec la bonne personne, répondit Emma en pouffant de rire. Ma cousine Anne est une experte en livres. Elle peut en lire trois à la fois. Moi aussi, je crois que je vais bien m'entendre avec ma correspondante. Rosalie me semble toujours de bonne humeur.

— Ohhh !

L'autobus tourna un peu vivement dans la cour d'école et ses passagers se firent secouer. Mme Jeanne donna ses instructions.

— Attendez l'arrêt complet du véhicule avant de vous lever et une fois dehors, mettez-vous en rang.

Ils avaient enfin atteint la première étape de leur voyage. La longue route depuis le Bas-Saint-Laurent s'était étirée à l'infini aux yeux de tous.

La classe de Mme Jeanne, accompagnée de Patrick, papa d'Emma, s'apprêtait à rencontrer les élèves de Mme Lucie, sur la rive sud de Québec. Cette réunion tant attendue était l'aboutissement de plusieurs mois de travail et de correspondance entre les deux groupes issus de régions différentes. Tous les participants vivraient bientôt trois journées fabuleuses dans un centre offrant des sorties en traîneaux à chiens. Grâce à de multiples moyens de financement et à d'innombrables recherches sur les chiens de traîneaux ainsi que sur le mode de vie des premiers explorateurs, les jeunes étaient maintenant fin prêts pour profiter de cette expérience extraordinaire.

Les enfants défilaient sagement en file indienne vers le gymnase de l'école où les attendaient leurs hôtes afin de partager le dîner. Ensuite, tous se dirigeraient vers les « Joyaux des Appalaches », où ils rejoindraient Marcel et ses chiens.

Sitôt à l'intérieur de la grande salle, Emma sortit du rang et se précipita à la rencontre de sa cousine Anne. Les deux filles s'étreignirent chaleureusement. Les liens qui les unissaient étaient solides. Chaque été, leurs familles respectives effectuaient plusieurs allers-retours entre la rive sud de Québec et le Bas-Saint-Laurent. Autant Emma débordait d'exubérance, autant Anne se faisait l'image même de la discrétion. Ses boucles brunes lui donnaient un air romantique. Emma l'attirait toujours dans des aventures abracadabrantes, mais sa cousine ne s'en plaignait pas. Le côté calme d'Anne équilibrait la fougue d'Emma.

Patrick donna l'accolade à son beau-frère Denis, papa d'Anne. Les deux pères de famille démontraient autant de fébrilité que leurs filles.

Mme Jeanne fut reçue par sa consoeur Mme Lucie, professeure de la classe d'Anne. C'était comique de les voir ensemble. Mme Jeanne, courte et rondelette, penchait fortement la tête vers l'arrière afin de parler avec Mme Lucie, grande et athlétique.

Les élèves de Québec accueillirent leurs invités en conviant leurs correspondants à leur table. C'est ainsi qu'Emma, Anne, Maxime et Rosalie firent connaissance. Pendant que Maxime décrivait à toute allure à Rosalie la plage où Emma et lui s'amusaient à faire des ricochets, Anne revoyait en pensée ses dernières vacances chez sa cousine au bord la mer.

Elle sursauta lorsque Rosalie la pinça au bras.

— Anne, tu es encore dans la lune!

— Ah! Je vois que tu connais bien ma cousine, s'esclaffa Emma.

Pendant qu'Anne reprenait des couleurs normales, Rosalie expliqua:

— C'est ma meilleure amie, on fait de l'équitation à la même écurie et on achète tous nos livres ensemble!

Le vaste gymnase bourdonnait des conversations entre les joyeux convives. Déjà, des amitiés se formaient. Leur séjour aux « Joyaux des Appalaches » promettait d'être enrichissant à tous les points de vue.

Maintenant plein à craquer, l'autobus jaune déambulait par monts et par vaux tout en traversant de coquets villages croulant sous la neige immaculée. Le mouvement répétitif obligea Maxime à aller s'asseoir à l'avant du véhicule avec Mme Jeanne afin d'apaiser son mal de cœur. Son visage blafard contrastait de façon alarmante avec ses cheveux noirs parsemés de mèches folles. Ce qui inquiétait le plus Mme Jeanne, c'était le silence inhabituel dont faisait maintenant preuve son élève.

Les deux derniers kilomètres se déroulèrent à travers une majestueuse forêt de pins. Alerté par le bruit du véhicule, un chevreuil s'enfuit dans la forêt en effectuant des bonds gracieux dans la neige poudreuse. Puis, soudainement, l'autobus franchit une arche en bois portant l'inscription « Joyaux des Appalaches ».

— Hourra ! Hourra !

Instantanément, Maxime se sentit mieux. Il se joignit de façon si énergique aux cris de joie que Mme Jeanne regretta subitement son précédent silence.

Après une sortie tout en bousculade amicale, ils se regroupèrent face à un petit chalet rustique. Sur le perron se tenait un grand gaillard barbu, tête nue malgré le froid piquant. Il leva les bras afin d'imposer le silence et déclara d'une voix forte et grave :

— Bienvenue aux « Joyaux des Appalaches » !

20

CHAPITRE DEUX

Une première rencontre

Les élèves se dandinaient et piétinaient pour se réchauffer tout en jetant des regards ébahis autour d'eux. Sur son piédestal improvisé, Marcel continuait son discours. Le froid ne semblait avoir aucune emprise sur lui.

— À votre gauche, vous trouverez le grand dortoir « Les explorateurs », où vous irez déposer vos bagages dans quelques minutes. À votre droite (quelques cinquante bonnets de toutes les couleurs se tournèrent à l'unisson), vous apercevez « Chez Henri ». C'est là que je me remplis la panse ! C'est mon endroit préféré. Après le chenil, bien sûr !

En disant cela, il éclata d'un rire tonitruant qui en fit sursauter plus d'un.

— Derrière vous se trouve ma construction la plus récente. J'en suis très fier. Robert, mon assistant, dont vous ferez la connaissance tout à l'heure, m'a donné un sérieux coup de main.

Tous examinaient maintenant le tipi géant en bois. De jolis motifs amérindiens décoraient toute la surface. Marcel continua :

— Ce sera notre point de rassemblement et ce soir vous y ferez de belles découvertes.

Un murmure d'excitation parcourut l'assistance.

— Bon ! Assez de placotage ! On a un horaire chargé, alors je vous suggère de vous rendre à votre dortoir afin de vous habiller chaudement. Ensuite, je vous convie à une rencontre avec mes joyaux.

Emma se pencha vers sa cousine Anne :

— Il n'a pourtant pas le style pour porter des bijoux...

Anne n'eut pas le temps de répondre. À leurs côtés, Maxime, qui avait rapidement récupéré de son mal des transports, débita rapidement:

— Voyons Emma, il ne parle pas de vrais joyaux. Ce sont sûrement ses chiens qu'il nomme ainsi. Vite! Allons nous installer! Il faut que l'on soit tous ensemble.

S'ensuivit une cohue générale pour récupérer les bagages dans la soute de l'autobus. Quelques instants plus tard, dans le dortoir, les enfants couraient frénétiquement à la recherche du meilleur endroit où dormir. Maxime, grâce à sa petite taille, se faufila au travers de la masse et réserva quatre lits pour ses amies et lui.

Mme Jeanne et Mme Lucie encourageaient les enfants à se dépêcher.

— Allez! Déposez votre sac sur le lit de votre choix et mettez votre linge le plus chaud. M. Marcel nous attend à l'extérieur.

Enfilant un chandail supplémentaire, Emma chercha Patrick du regard.

— Où sont nos pères, Anne?

Rosalie lui répondit de sa voix douce. Ses grands yeux bleus souriants ne se fâchaient sûrement jamais.

— Les adultes ont un petit chalet pour eux, mais les professeures coucheront avec nous.

Maxime eut une moue de dépit. Emma le fit tomber à la renverse sur son lit en riant.

C'est à ce moment que la porte du dortoir s'ouvrit tout grand et la haute silhouette de Marcel s'y découpa. Quelques flocons tourbillonnèrent autour de lui. On aurait dit le Père Noël arrivant directement du Pôle Nord avec sa barbe givrée.

— Alors, vous venez, oui ou non?

En un rien de temps, tout le groupe sortit et marcha à la suite de Marcel en direction du chenil. Moqueuse, Emma rigolait de voir Mme Jeanne trottiner afin de rattraper le colosse. Rosalie et Anne éclatèrent de rire lorsque Maxime imita à la perfection sa courte professeure peinant à suivre le grand barbu.

La troupe déambulait dans un large sentier de neige tracé dans la forêt.

Tout à coup, Marcel stoppa net et Mme Jeanne lui fonça dedans.

— Écoutez! fit Marcel.

Au bout de plusieurs chuts, le silence retomba et, au delà du vent sifflant entre les branches, on perçut des aboiements ou, plutôt, des hurlements.

Marcel fit sursauter les jeunes et les moins jeunes lorsqu'il cria, de sa voix de stentor :

— Ohé ! Mes chiens !

Aussitôt, les hurlements décuplèrent. Mme Jeanne, les deux mains sur les oreilles, semblait sur le point de faire demi-tour. Mme Lucie, quant à elle, s'élança vers l'avant avec Patrick et Denis.

Plus ils approchaient, plus le tintamarre emplissait la vaste forêt. Quelques mètres plus loin, ils débouchèrent sur une clairière où s'alignaient des dizaines de niches. À chacune d'elle était fixée une chaîne retenant l'un des fameux joyaux de Marcel. Les bêtes puissantes tiraient sur leurs attaches et donnaient un concert improvisé. Deux employés s'efforçaient, sans grand succès, de calmer les bêtes. Le plus trapu des deux héla Marcel.

— Hé patron ! C'est un joli coup que vous nous avez fait là. Plus moyen de les calmer, ces sacrés clébards !

— Didier, ne m'appelle pas « patron ».

Marcel se tourna alors vers les élèves :

— Je vous présente Didier, mon stagiaire. Il faut excuser sa façon de parler, il vient de France. Vous vous habituerez vite à ne comprendre qu'un mot sur deux.

Le rire de Mme Lucie fut vite enterré par l'ordre de Marcel envers les bêtes :

— Assez les chiens !

Le calme revint aussi vite qu'il était disparu.

Chaque bête regardait son maître avec adoration, la gueule fendue d'un large sourire sur une langue pendante, dans l'attente d'une caresse. Mme Jeanne ôta avec soulagement les mains sur ses oreilles. Le propriétaire des lieux invita alors ses deux assistants à se présenter eux-mêmes. Celui qui était originaire de France se lança le premier :

— Alors, bonjour les mômes ! Je m'appelle Didier.

Dans l'assistance, on entendit des rires étouffés.

— Il y a deux semaines, je suis arrivé dans votre merveilleux pays. J'effectue un stage chez Marcel jusqu'à la fin du mois afin de me familiariser avec son entreprise. En France, plus précisément en Haute-Savoie, où j'habite, il y a aussi de belles forêts, quoique moins vastes que les vôtres. J'ai l'intention d'avoir moi aussi des chiens de traîneaux, car j'adore...

— Bon, bon, bon, assez discuté, le taquina Marcel en lui envoyant une vigoureuse bourrade amicale.

Didier rit de bon cœur, ainsi que le deuxième assistant. Marcel continua :

— Si je ne l'arrête pas, il peut vous garder ici jusqu'à la tombée de la nuit. C'est moi le maître, ici. C'est comme dans la meute de chiens, vous savez. Il y a une hiérarchie. Chacun a son rôle. Le chef est le chien de tête, vous devez...

Didier prit sa revanche avec un plaisir évident :

— Bon, bon, bon, patron, assez parlé, c'est au tour de Robert de se présenter.

Le groupe d'élèves se délectait de ce spectacle improvisé. On sentait une joyeuse complicité dans le trio.

Le dénommé Robert prit la parole :

— Bonjour! Moi, je ne vous ferai pas geler plus longtemps. Mon nom est Robert et ma grand-mère était amérindienne. Au cours de votre séjour parmi nous, je vous apprendrai les légendes et les trucs de survie qu'elle m'a légués.

Emma confia à Anne:

— J'ai l'impression qu'on va bien rigoler avec ces trois-là.

— Moi, j'ai hâte de flatter les chiens, dit Anne. Regarde ta professeure, Emma, je crois qu'elle ne les aime pas trop.

En effet, Mme Jeanne se tenait à l'écart et regardait d'un œil méfiant la joyeuse bande de chiens huskies qui souriaient de toutes leurs dents acérées. Certains s'étaient recouchés, le nez dans leur fourrure, et dormaient paisiblement comme en plein mois de juillet.

Marcel s'adressa de nouveau à eux:

— Je vais vous parler un peu des chiens puis, par petits groupes, mes assistants et moi vous guiderons parmi eux. N'ayez pas peur, ils sont doux comme des agneaux!

Mme Jeanne afficha une moue sceptique.

— Ce sont des animaux très sociables, ce qui en fait malheureusement de mauvais gardiens. Ils ont un point commun avec les chats. Pouvez-vous me dire lequel ?

Plusieurs mains se levèrent et des réponses fusèrent aussitôt dans l'air froid de la forêt. Marcel pointa un garçon au manteau vert fluo.

— Oui, toi là-bas !

— Ils se lavent comme les chats.

Impressionné, Marcel le félicita :

— Bravo !

Mme Lucie, fière de ses élèves, intervint :

— Les enfants ont fait beaucoup de recherche, M. Marcel, afin de bien se préparer à cette belle aventure.

— D'accord, alors, dites-moi donc ce que vous savez. Toi, avec la tuque jaune.

— Leur nom, « husky », vient de l'anglais et signifie « enroué », parce que ce chien aboie d'une façon spéciale, comme s'il était enroué. Il aime surtout hurler.

— Tu as bien raison, vous en avez eu la preuve tout à l'heure. Ha! Ha! Ha!

Maintenant, tous les enfants voulaient épater le sympathique géant.

— Ce sont des chiens affectueux et très intelligents.

— Ils ont été utilisés lors d'expéditions polaires.

— Ils ont secondé et ravitaillé des soldats pendant la première guerre mondiale.

— Ils ont deux mues importantes par année.

— Ils adorent tirer le traîneau.

Marcel et ses assistants étaient agréablement surpris par les connaissances des enfants. Les professeures rayonnaient.

Marcel leva les deux bras au ciel :

— Je vous déclare prêts pour un premier contact avec mes joyaux.

Patrick leva la main, tel un élève bien discipliné. Didier ne put se retenir de faire le clown :

— Oui, monsieur, vous avez besoin d'aller au petit coin?

Tout le monde éclata de rire, Patrick y compris. Les chiens se remirent à s'agiter et à hurler. Marcel les calma bien vite de sa voix forte en lançant un regard noir à son stagiaire bouffon. De la main, il invita Patrick à formuler sa question.

— Je me demandais pourquoi certains de vos chiens sont dans un enclos fermé, dit-il en pointant un petit bâtiment légèrement à l'écart.

— Ahhh! Ça, mes amis, c'est un peu comme quelqu'un qui possède une automobile dans l'entrée de sa maison, mais qui garde sa voiture sport bien à l'abri dans un garage. Dans cet enclos se trouvent mes chiens de compétition. J'en possède vingt et je vous les présenterai plus tard. Vous verrez, ils sont différents.

— On va faire des courses! s'exclama Emma avec excitation.

— Oh non, ma fille, tu ne tiendrais pas deux secondes avec eux. Ce sont de vraies bombes. Allez, assez discuté, divisez-vous en trois groupes et choisissez votre guide.

Le groupe d'Emma et Anne se rassembla devant Didier. Maxime et Emma rigolaient gentiment de l'accent du Français et Anne faisait de gros yeux à sa cousine. Mais, parfois, elle ne pouvait se retenir de rire des pitreries du garçon aux cheveux noirs.

Les chiens appréciaient recevoir de la visite. Ils s'agitaient en pensant qu'on allait sûrement les atteler pour une balade. Didier leur présenta Boy, un chien de tête. Il leur expliqua que ce chien obéissait au *musher,* un terme anglais désignant le conducteur du traîneau, et que, à son tour, l'attelage suivait le chien de tête.

— C'est comme le lien entre le conducteur et le reste de l'attelage, intervint Anne.

— Exactement! Comment t'appelles-tu?

— Anne.

— Le chien de tête, Anne, est le plus intelligent de tous. Il obéit au doigt et à l'œil à son maître et fait tout pour lui plaire. Pour rien au monde, il ne laisserait sa place à un autre chien.

— Pourquoi vous appelez les chiens des «clébards»? demanda Maxime de sa voix haut perchée.

— Oh là là, mon garçon, dis-moi ton nom et ralentis la machine un peu. J'ai peut-être une drôle de façon de m'exprimer, mais toi alors! fit Didier en levant les yeux.

Tout le groupe rit.

— Mon... nom... est... Maxime... et... je... veux... savoir... ce... que... veut... dire... «clébard», répondit Maxime, moqueur.

Didier lui enfonça la tuque sur les yeux et joua le jeu.

— C'est... comme... ça... qu'on... dit... chez... nous.

Puis, plus normalement:

— Bougez pas de là, je suis sûr que je vais vous en apprendre une bonne. «Clébard» vient de l'arabe «kelb», qui signifie «chien» et, au pluriel, on dit «kleb».

— Ohhh!

Didier avait conquis son groupe. Il leur présenta ensuite plusieurs chiens. Il les connaissait tous par leur nom malgré son court séjour aux «Joyaux des Appalaches».

— Voici Sylka la douce et, enfin, Camelot, le plus taquin de la bande.

Les enfants s'en donnaient à cœur joie en promenant leurs mains dans l'épaisse fourrure des canidés. Emma enfouit son nez dans le cou musclé de Boy pendant qu'Anne et Rosalie s'extasiaient devant Camelot, qui faisait le beau.

Des éclats de rire fusèrent de l'autre bout de la clairière. Patrick et Denis riaient à gorge déployée et Robert soutenait Mme Jeanne tout en s'efforçant de garder son sérieux.

Un attroupement de visages curieux se forma devant ces derniers. Le visage de Mme Jeanne exprimait le plus profond des dégoûts. Elle frottait énergiquement sa botte dans la neige propre en dehors du périmètre réservé aux chiens. Les élèves présents commentaient l'événement en riant… La professeure rondelette avait fini par se laisser convaincre d'approcher les chiens. Malheureusement, elle avait posé le pied sur un tas fumant et, n'eût été de Robert, se serait sûrement étalée dedans de tout son long…

— Vous ne me ferez jamais embarquer dans vos traîneaux de malheur, criait-elle, furieuse.

Imperturbable, Robert réussit à la calmer. Elle attendit un peu à l'écart tout en examinant régulièrement sa botte souillée, en plissant le nez.

Mme Lucie, au contraire, semblait dans son élément. Elle buvait littéralement les paroles de Marcel. Chaque chien qu'elle visitait recevait une belle accolade et elle essuyait de grands coups de langue en riant. Maxime tapota Anne sur l'épaule.

— Regarde ta professeure, elle est en train de tomber amoureuse de M. Marcel !

De son côté, Emma lorgnait avec curiosité vers l'enclos des chiens de course. Ces chiens ne dormaient pas dehors. Didier suivit son regard et cria à Marcel.

— Patron ! Je peux amener mon groupe voir tes bolides ?

Une voix bourrue lui répondit par-dessus le vacarme des chiens excités par les attentions de tous ces jeunes admirateurs :

— Veux-tu bien cesser de m'appeler « patron », le Français ? C'est d'accord, allez-y !

Tout en parlant aux chiens, Didier ouvrit doucement la porte. À l'intérieur du bâtiment, de spacieuses cages abritaient des bêtes plus minces et plus nerveuses que les gros huskies de l'extérieur.

Anne remarqua :

— Ils n'ont presque pas de fourrure, les pauvres ! Ils doivent geler...

— C'est pour ça que le patron, ...heu... M. Marcel, les garde au chaud. Ces chiens valent une fortune. Ils sont issus de plusieurs croisements, dont le lévrier, pour ses qualités de coureur. Les gros toutous que vous avez vus dehors sont ses joyaux, mais ceux-ci sont ses champions. Il n'y a que lui qui en prend soin.

Emma s'approcha du premier enclos. Son pensionnaire bondissait de façon impressionnante dans les airs.

— Celui-là, commenta Didier, c'est le chien de tête. Il s'appelle Blue. Une bête très fidèle et très intelligente.

Rosalie, devant la cage du fond, s'exclama :

— Ohhh ! Qu'ils sont mignons !

Immédiatement, les enfants s'agglutinèrent devant la cage. À l'unisson, tous s'extasièrent et rigolèrent de voir les chiots se marcher les uns sur les autres.

Maxime, plus pragmatique, questionna leur guide :

— Est-ce qu'ils vont courir, eux aussi ?

— Bien sûr ! Dès l'âge d'un an, on les attelle et, à deux ans, ils sont prêts pour la compétition. Par contre, ce n'est qu'entre trois et sept ans qu'ils seront au meilleur de leur forme...

Le discours de Didier fut interrompu par des exclamations de répugnance, entrecoupées de fous rires, venant de l'extérieur. Vive comme l'éclair, Emma se retrouva la première à l'air libre. Les bruits provenaient d'un modeste bâtiment à l'orée de la forêt. Des élèves en sortaient en émettant des « pouah ! » sonores. Intrigué, le groupe de Didier s'engouffra dans la petite bâtisse. Ils découvrirent Marcel faisant la démonstration de sa recette secrète pour les repas de sa troupe.

Au menu : du poulet. Jusqu'ici, rien de bien méchant. Mais lorsque Anne vit Marcel engouffrer un poulet cru entier, plumes y compris, dans un immense hachoir, elle se précipita à l'extérieur, une main devant la bouche. Rosalie la suivit de peu et elles comprirent pourquoi Mme Jeanne se tenait loin de l'action encore une fois.

Chez Emma, la curiosité l'emporta sur le dégoût et elle suivit le reste de la démonstration de Marcel.

Il expliqua qu'après avoir coupé la tête et les pattes de la poule, morte, bien entendu, il hachait le corps entier afin de fournir calcium, protéines et fibres grâce aux plumes. Mélangé à de l'orge et à de la mélasse, il obtenait une mixture dont ses chiens raffolaient. Mme Lucie se porta volontaire pour humer le mélange et avoua avec surprise que cela ne sentait pas si mauvais.

Didier, moqueur, confia à Maxime et à Emma :

— Elle a le béguin pour le patron.

— Le quoi ? demanda Emma.

— Un petit faible, voyons, dit Maxime, tu aurais compris si tu lisais plus souvent.

Emma le bouscula amicalement.

— Eh bien, mes amis, tonna Marcel, ça ne vous ouvre pas l'appétit ? Le dernier arrivé chez M. Henri devra goûter à ma mixture.

Le bruyant attroupement d'enfants dévala le sentier jusqu'à la place centrale du domaine. Emma et Maxime dépassèrent Anne et Rosalie. Dans les derniers mètres, Emma et son ami se livrèrent une chaude lutte pour la première place. À la toute dernière minute, Maxime glissa sur une plaque de glace et effectua une spectaculaire pirouette pendant que, victorieuse, Emma arrivait la première en criant de joie.

Le groupe se reforma peu à peu et Mme Jeanne arriva bonne dernière. Elle menaça Marcel en appuyant sa mitaine sur le ventre du géant.

— Ne vous avisez surtout pas de me faire manger votre horrible bouillie de poulet cru.

— Soyez sans crainte, répondit Marcel en lâchant son rire caractéristique, mais, demain, vous me ferez l'honneur de participer à une courte randonnée sur mon traîneau.

— Oh non ! Pas question ! Plutôt mourir !

Patrick s'approcha de sa fille Emma.

— J'aimerais bien voir Mme Jeanne sur un traîneau.

— Moi aussi, papa, oh! J'ai tellement hâte de faire la randonnée!

Une cloche retentissante coupa court à toutes les conversations et le cuisinier invita ses convives.

— À table tout le monde!

Emma chuchota à l'oreille de sa cousine:

— Si l'on se fie à son ventre, il doit apprécier la bonne nourriture.

— Oh toi, tu peux bien parler, la gronda Anne. Considère-toi chanceuse de rester aussi mince avec tout ce que tu ingurgites à chaque repas.

Une délicieuse odeur les accueillit dès qu'elles mirent le pied dans la cafétéria. Les effluves du pain grillé à l'ail rivalisaient avec le fumet de la sauce à la viande. Tout le monde se sentit soudainement affamé.

À la queue leu leu, chacun passa devant l'aide-cuisinier de M. Henri afin de remplir son assiette à ras bord. Quelques minutes plus tard, tous les invités dévoraient avec appétit.

Didier choisit ce moment afin de remonter lentement l'allée centrale avec son plateau, en prenant soin de bien mettre son contenu à la vue de tous. Tout en prenant un air misérable, il se lamentait à tue-tête.

— Ahhh! Pauvre de moi! Je ne suis pourtant pas arrivé dernier chez M. Henri et, malgré tout, le patron me fait manger de son infâme purée...

Les élèves regardaient avec de grands yeux les plumes déposées sur la sauce à la viande dans l'assiette de Didier. Anne examina ensuite sa propre portion et lui trouva soudainement une ressemblance avec la pâtée pour chien.

Rosalie rigola de bon cœur de la farce du Français. Tout le monde se divertit lorsque Marcel attrapa son incorrigible assistant par la peau du cou et le gronda devant témoins:

— Si tu m'appelles «patron» une fois de plus, je te jure que tu vas en manger des plumes!

Didier prit un air contrit.

— D'accord, patr... heu... M. Marcel!

Le géant s'adressa alors au groupe.

— On se rejoint au tipi dans trente minutes. De là, nous irons digérer dans ma méga glissade, derrière les petits chalets. Ensuite, mon ami Robert vous convie à l'intérieur du tipi pour une soirée bien spéciale. Il a une légende à partager avec vous.

Tous les nez replongèrent avec entrain dans les assiettes. La soirée s'annonçait captivante.

CHAPITRE TROIS

La légende du Wendigo

Rassemblés devant le tipi, l'estomac plein, les jeunes attendaient le signal de Marcel.

— En route vers le sapin de Noël géant ! hurla Marcel.

— Tout est géant ici, remarqua Anne en riant. Le tipi, le nombre de chiens…

— …et les desserts ! ajouta Emma en se frottant l'estomac.

Tout en bavardant, ils traversèrent la grande place en direction du dernier chalet, près du sentier menant au chenil. Même à cette distance, on pouvait voir la haute silhouette d'un superbe conifère décoré d'une multitude de lumières.

Maxime, toujours taquin, pointa Mme Lucie à ses amies. La professeure d'Anne et Rosalie marchait aux côtés de Marcel. Le grand guide racontait l'une de ses courses de chiens en y mettant beaucoup d'expression. Mme Lucie dévorait ses paroles et ses éclats de rire s'élevaient jusqu'aux étoiles.

Emma souffla :

— On dirait que M. Marcel vient de se faire une trrrès bonne amie !

Les yeux bleus de Rosalie pétillèrent et ses joues s'empourprèrent légèrement lorsqu'elle avoua qu'elle préférait « le petit Français ».

Emma déclara la tête haute que ce qui l'intéressait le plus, ici, c'était les chiens.

Ils étaient enfin parvenus au sapin de Noël géant. Marcel énonça quelques règles de sécurité :

— Il n'y a pas de tubes pour tout le monde. Alors dès que vous arrivez en bas, donnez votre tube au prochain. Ils sont assez grands pour deux personnes et celui en forme de huit peut même en accueillir quatre. Sensations fortes garanties! ajouta-t-il en riant.

Immédiatement, plusieurs garçons se ruèrent vers le tube en forme de huit.

— Minute, les garçons! avertit Marcel. Une dernière règle très importante avant de vous élancer: toujours attendre que la piste soit dégagée avant de glisser. Et maintenant, allez-y!

Au début, ce fut le désordre total. Il y eut des chutes dans la remontée et, comme dans un jeu de quilles, celui qui tombait entraînait tous les autres vers le bas. Peu à peu, un rythme s'établit. Didier effectua une démonstration de son savoir-faire en se précipitant à plat ventre sur un tube. Il émit un ouf! retentissant qui déclencha des rires joyeux.

Emma avait rapidement mis la main sur le fameux tube pour quatre. Tout en haut de la piste, Marcel attendait qu'Emma et ses amis soient installés.

— Prêts? Tenez-vous bien, c'est parti!

Il leur donna une gigantesque poussée. Anne eut l'impression qu'ils s'envolaient au lieu de glisser. Rosalie poussa un cri d'effroi tandis qu'Emma et Maxime criaient de surprise. Les quatre amis roulèrent pêle-mêle en riant dans la neige moelleuse au bas de la côte. Déjà, une autre équipe s'emparait de l'engin de glissade tant convoité.

Le ciel était constellé d'étoiles et parfois on entendait au loin quelques chiens pousser des hurlements.

Les quatre compères se trouvaient à nouveau au sommet. Ils attendaient leur tour en bavardant lorsque, subitement, Emma se tut. Elle pointa le sentier menant au chenil.

— Regardez !

— Quoi ? répondit Anne en riant, tu n'avais pas remarqué qu'on était entourés de forêt ?

Emma lança un regard incendiaire vers sa cousine :

— J'ai vu quelque chose comme une ombre.

— C'est normal de voir des ombres, c'est la nuit, ajouta Maxime en rigolant.

Rosalie riait de bon cœur.

Cette fois-ci, insultée, Emma consulta les autres près d'eux.

— Vous avez vu, vous aussi, n'est-ce pas? Ça bougeait là-bas, entre les arbres, près du sentier.

La foule derrière s'impatientait:

— Hé! Arrêter de placoter! Tassez-vous si vous ne voulez pas glisser!

Anne calma sa cousine et l'invita à prendre place à ses côtés:

— Emma, glisse avec moi et laisse faire les mystères pour une fois.

Emma fronça les sourcils. Elle n'aimait pas se faire dicter sa conduite. Malgré tout, elle retrouva rapidement sa bonne humeur et dévala la pente avec Anne.

Au bout d'une heure de ce vigoureux exercice, Marcel les rassembla et les invita à se rendre au tipi géant.

— Mais avant, retournez à votre dortoir pour enlever quelques pelures, car il fait chaud dans mon tipi.

Puis, se tournant vers Didier, il reprit son sérieux :

— Va vérifier les attaches des chiens, et deux fois plutôt qu'une, s'il te plaît, je ne veux pas courir encore après eux demain matin...

Didier prit la direction du chenil d'un air légèrement penaud, ce qui ne lui ressemblait pas du tout.

Les enfants se dirigèrent vers le dortoir en courant.

— Je me demande où ils puisent toute cette énergie, se demanda Denis en soupirant.

— Ils vont nous achever, c'est sûr, confirma Patrick. Par contre, j'ai bien hâte de conduire un traîneau demain.

— Moi aussi, ajouta Mme Lucie, qui les accompagnait.

À l'intérieur du tipi, un gros poêle à bois procurait une chaleur réconfortante. Des chandeliers disposés à divers endroits plongeaient les visiteurs dans une ambiance mystique. Aucune chaise où s'asseoir, que des tapis de gymnastique sur lesquels les enfants s'installèrent en indien. Après une seconde d'hésitation, Mme Jeanne se prêta de bonne grâce aux coutumes locales. Face à l'entrée se trouvait une estrade. Paré d'un magnifique habit de cérémonie amérindien, Robert attendait patiemment que la foule soit prête. Assis devant un tambour, il était superbe dans son costume de suède décoré de mille et une perles. Au bout de quelques minutes, il se mit à battre tranquillement du tambour. Le son rythmé de son instrument emplit peu à peu l'espace du tipi et un silence respectueux s'installa.

— Bienvenue dans mon tipi, leur dit Robert. L'an passé, lorsque j'ai proposé ce projet à Marcel, il s'est lancé dans la construction de ce bâtiment avec enthousiasme, comme pour tout ce qu'il entreprend, d'ailleurs. Je lui en suis très reconnaissant, car ce lieu de rassemblement original représente pour moi le symbole de mon héritage amérindien.

Tous les enfants étaient hypnotisés par le timbre apaisant de sa voix, accompagnée par la cadence agréable du tambour.

— Ma grand-mère vivait sur une réserve indienne et j'y ai passé tous mes étés. Elle m'a appris à être fier de mes origines ainsi qu'à respecter la nature pour sa grande générosité. Demain, dans la forêt, je vous livrerai une partie de ce qu'elle m'a appris. Pendant mes séjours dans la réserve, j'ai également été initié aux nombreuses légendes qui font partie du quotidien de mon peuple. Ce soir, j'aimerais partager avec vous un conte qui a meublé de nombreuses soirées autour du feu. Voici donc « La légende du Wendigo ».

À l'instant même où le conteur prononçait ces mots, un courant d'air malicieux fit vaciller les bougies. Les ombres créées par l'éclairage chancelant donnèrent la chair de poule à l'assistance.

Variant subitement le rythme de ses coups de tambour, Robert débuta son récit :

« Le Wendigo est une créature surnaturelle, maléfique et cannibale. Il vit dans les profondeurs de la forêt. Son corps est squelettique et on l'associe à l'hiver et à la famine. Même lorsqu'il dévore un être humain, il n'est pas rassasié car il grandit à nouveau. Il a donc toujours faim ».

Robert fit une pause et balaya du regard son assistance tout en continuant à battre son instrument. Il poursuivit :

«Le Wendigo est nocturne et apparaît lors des grands froids».

— Comme ce soir, chuchota Maxime.

— Tais-toi, le sermonna Emma en retenant son fou rire.

La voix de Robert s'élevait dans le tipi :

«Cet être maléfique a déjà été humain, mais son cœur est désormais de glace. Parfois, il prend une forme d'ombre. Le seul moyen de le détruire est par le feu, afin de faire fondre son cœur glacé».

Emma sursauta en repensant à l'ombre vue plus tôt dans la soirée. Anne, connaissant l'imagination débordante de sa cousine, la rappela à l'ordre :

— Ce n'est qu'une histoire, Emma.

Maxime y mit son grain de sel :

— Peut-être, Emma, as-tu vu le Wendigo, ce soir ?

— Ah non, fit Anne en roulant des yeux, vous n'allez pas vous y mettre tous les deux.

— Chut! les gronda Rosalie.

« Le Wendigo veut posséder des âmes. Il s'immisce dans les rêves d'une personne et celle-ci devient alors agressive, antisociale et peu à peu obsédée par la chair humaine ».

Les coups de tambour plus marqués appuyèrent des grimaces dégoûtées parmi les spectateurs.

« Lors des grands froids, on l'entend pousser de terribles hurlements. Si vous ne voulez pas que le Wendigo s'attaque à vous, gardez votre cœur pur ».

Les enfants, amortis par la chaleur et la fatigue de la journée, écoutaient le récit en dodelinant de la tête.

Soudainement, un cri à l'extérieur leur glaça le sang. De grands coups résonnèrent sur la porte puis celle-ci s'ouvrit subitement. Sous la rafale du vent, quelques bougies rendirent l'âme et plusieurs enfants se mirent à crier.

Une immense silhouette s'engouffra dans le tipi en grognant. Affolée, Emma regarda Anne, qui n'en menait pas large elle-même. Les deux cousines se serrèrent l'une contre l'autre.

Debout sur l'estrade, Robert avait interrompu sa musique. Il déposa son tambour, soupira et s'adressa à la créature repoussante :

— Didier, pour l'amour du ciel !

Mme Lucie eut la présence d'esprit d'actionner l'éclairage électrique. Didier enleva son masque, descendit de ses échasses et présenta ses excuses en riant.

— Ah, mais alors, on m'avait dit que les Québécois avaient le sens de l'humour…

— Mais ce ne sont que des enfants ! Tu les as terrorisés !

Le farceur pointa Patrick et Denis, qui rigolaient encore en s'essuyant les yeux.

— Eux, ça les amuse, ils se fendent la poire !

Patrick reprit instantanément son sérieux. Tout près de son père, Emma déclara :

— Papa n'aime pas les poires.

— Non, non, rectifia Didier, se fendre la poire, s'éclater, rire un bon coup, quoi !

L'atmosphère était à nouveau détendue et chacun niait avoir eu peur. Robert permit à ceux qui le désiraient d'essayer son tambour. Il répondit calmement, comme toujours, aux multiples questions posées sur son habillement et ses coutumes.

Pendant que tout le monde dormait bien, emmitouflé dans les lits douillets, le vent glacial de cette nuit de février fouettait les hautes cimes des épinettes. Dans la clairière du chenil, les chiens somnolaient, le nez enfoui dans leur queue touffue. Le vent poussait la neige contre leurs corps endormis et leur confectionnait une couverture blanche. Les bêtes dormaient dans le froid polaire à la façon de leurs ancêtres issus des régions arctiques et sibériennes.

À l'orée du bois, une ombre se faufila. Alerté, Boy leva le museau. Il scruta l'obscurité et renifla. Étirant le cou vers le ciel étoilé, il se mit à hurler. Les uns après les autres, les chiens se joignirent à leur chef. Bientôt, tous les joyaux de Marcel chantaient à l'unisson pendant que l'ombre se rapprochait.

Les hurlements atteignirent rapidement la place centrale. Dans son lit, Maxime se redressa subitement, l'air hagard.

— Le Wendigo, hurla-t-il, le Wendigo! Il est là!

Anne, Emma et Rosalie se réveillèrent en sursaut, à l'instar de tous les occupants du dortoir. Maxime, en transe, était maintenant debout sur son lit. Il cria :

— Fermez vos esprits! Le Wendigo a faim! Il approche!

Mme Lucie réagit la première. Elle s'efforça de recoucher Maxime.

— Voyons, Maxime, tu as fait un cauchemar, il n'y a pas de danger. Ce sont les chiens qui hurlent.

— Non, non, disait Maxime en s'agitant, il est là, le Wendigo est là, je ne veux pas mourir, j'ai un cœur pur. Va-t'en, Wendigo!

Emma déclara que son ami parlait aussi vite la nuit que le jour. Quelques enfants sourirent de la blague, mais la plupart commençaient à être gagnés par l'ambiance sinistre. Le vent sifflait, les chiens hurlaient au loin et Maxime délirait de plus belle. Rosalie et Anne jetaient des regards inquiets vers la fenêtre. La porte du dortoir s'ouvrit soudainement et Anne cria en se jetant dans le lit d'Emma, soudain sérieuse.

— Du calme, les enfants, c'est moi, Denis, le papa d'Anne. M. Marcel m'a envoyé vous rassurer. Ce genre de concert se produit régulièrement. Il est allé vérifier le chenil avec ses assistants.

Maxime se jeta sur Denis en se cramponnant à lui :

— C'est le Wendigo, M. Denis, fermez votre esprit à toutes mauvaises pensées, sinon vous êtes perdu.

Le rire franc de Denis détendit quelque peu l'atmosphère explosive.

— Quelle imagination ! Écoutez ! Les hurlements diminuent d'intensité.

En effet, après quelques instants, le calme revint aux «Joyaux des Appalaches». Patrick demeura au dortoir encore un peu afin d'aider Mme Jeanne et Mme Lucie à réconforter tout le monde. Puis, il retourna se coucher, le sourire aux lèvres en revoyant le visage tourmenté de Maxime.

CHAPITRE QUATRE

Quelle journée !

Après cette nuit mouvementée, Emma, Anne, Rosalie et Maxime regrettaient un peu de s'être portés volontaires, la veille, pour assister au déjeuner des chiens. Pendant que leurs compagnons dormaient encore à poings fermés, les quatre amis s'extirpaient péniblement de leurs lits chauds. Quelques minutes plus tard, ils frissonnaient dans l'air glacial du matin, malgré plusieurs épaisseurs de vêtements.

Marcel les attendait devant son chalet de bois rond. Il paraissait frais et dispos malgré son sommeil interrompu par le concert nocturne. Par contre, son humeur laissait à désirer. Il avait passé une partie de la nuit à rechercher trois chiens qui s'étaient mystérieusement détachés.

— Si j'attrape celui qui détache mes chiens, je lui fais avaler un baril de moulée, gronda-t-il.

La colère lui donnait des ailes et les enfants ne réussissaient pas à le suivre dans le sentier enneigé.

— S'il vous plaît, M. Marcel, pouvez-vous marcher moins vite? demanda Emma, à bout de souffle.

Surpris, Marcel regarda à ses côtés. Il n'y avait personne. Il s'immobilisa et regarda derrière lui. Les quatre enfants tiraient de la patte.

— Oh! Excusez-moi! Quand on touche à mes joyaux, je perds la boule. Je vais ralentir. Tout en marchant, laissez-moi vous expliquer votre tâche pour ce matin. Didier et Robert sont déjà sur place. Vous allez voir que ce n'est pas compliqué et, de plus, les chiens sont de belle humeur le matin.

Peu de temps après, ils débouchèrent sur la clairière du chenil. Les puissants huskies tiraient sur leurs chaînes. Ils avaient faim. Didier, tout sourire, vint à leur rencontre.

— Alors, les mômes, on a eu une nuit agitée?

— Mme Jeanne ne te porte pas dans son cœur, pouffa Emma. Elle dit que tu nous as effrayés avec ton imitation du Wendigo.

Anne renchérit:

— En nous réveillant ce matin, elle a affirmé qu'on la paierait cher pour sortir dans ce froid de canard afin d'aller nourrir une bande de loups hurlants.

Le Français éclata de rire, puis fut parcouru d'un long frisson.

— Elle n'a pas tout à fait tort! Ça caille ce matin!

L'incompréhension totale se lisait sur le visage d'Emma et de ses amis. Robert, qui avait tout entendu, vint à leur rescousse.

— Ça veut tout simplement dire qu'on gèle. Didier le répète presque à tous les jours.

Il se tourna vers le Français.

— Tu ne peux pas parler comme tout le monde, dit-il pour le taquiner.

Du hangar où se préparait la moulée, Marcel les appela de sa voix forte :

— Hé vous deux ! Je ne vous paie pas pour faire la conversation à six heures du matin. Amenez-vous !

— Ne faisons pas attendre le patron, chuchota Didier avec un clin d'œil.

Emma courut devant, Maxime sur les talons. Le maître des lieux avait réservé aux enfants la corvée de l'eau. Au grand soulagement d'Anne, d'ailleurs, qui ne pouvait regarder la mixture au poulet cru sans sentir son estomac se retourner.

Une à une, les écuelles d'eau furent remplies et les enfants en profitèrent pour caresser les sympathiques bêtes. Sous l'abondante fourrure, les corps étaient chauds malgré le mercure bien en deçà de zéro. Les chiens de tête devaient être servis en premier, en leur qualité de chefs.

Pendant ce temps, Marcel s'occupait de ses chiens de course. C'était l'heure de leur entraînement. Ensuite, ils auraient droit à leur déjeuner.

En guise de remerciement pour leur aide, Emma, Anne et leurs amis purent assister à l'attelage. Blue, le chien de tête, fut attaché en premier. Il donna fièrement l'exemple. En effet, la bête docile attendait patiemment, sans tirer sur les liens, que ses coéquipiers furent tous prêts. Les chiens puissants et nerveux geignaient et tiraient sur les cordes. Tout en préparant le dernier chien, Marcel haussa la voix afin de calmer son attelage.

Le colosse s'installa ensuite derrière son léger traîneau de course, il dégagea le frein en forme d'ancre enfoncé dans la neige et donna le signal de départ :

— Go ! Go ! Go !

L'attelage partit en flèche dans un concert de joyeux aboiements. Les autres huskies se mirent à aboyer et à s'agiter. Toutes les fibres de leurs corps hurlaient de se joindre à la course.

— J'ai hâte à cet après-midi, déclara Emma, enthousiaste. J'espère que mon traîneau ira aussi vite que celui de M. Marcel.

— Pas trop vite, quand même, ajouta Anne, qui devait faire équipe avec sa cousine.

— On va vous battre, Rosalie et moi, dit rapidement Maxime.

Les mèches folles s'échappant de sa tuque étaient couvertes de givre.

Robert calma les ardeurs des aventuriers :

— Vos traîneaux n'iront pas aussi vite. Ça prend beaucoup d'expérience et de force pour ne pas se faire éjecter avec un attelage tel que celui de Marcel. Si, par malheur, vous tombez et lâchez le traîneau, vous pouvez dire adieu à la course. Les chiens ne s'arrêtent pas, ils continuent à courir comme des déchaînés et vous êtes quittes pour franchir la ligne d'arrivée à pied.

— Les chiens ne reviennent plus ? s'étonna Anne.

— Mais oui, ne vous inquiétez pas, ils finissent seuls le parcours de la course et s'ils renversent le traîneau, eh bien, bonne chance pour démêler tout ce tas de corde.

— Venez, trancha Didier, allons déjeuner. Ce matin, votre groupe part en survie avec Robert et cet après-midi, je vous initie au traîneau.

L'estomac rempli à ras bord de délicieuses crêpes, le groupe d'Emma demeura dans la grande salle de la cafétéria pendant que les autres élèves allèrent se préparer pour leur expédition avec les chiens.

Robert déplia tranquillement une grande carte sur une des tables et invita les enfants à se regrouper.

— Regardez! Ceci est une carte topographique. Elle indique les cours d'eau, les forêts, les routes et les courbes de niveau.

— C'est quoi les courbes de niveau? le coupa Maxime.

— J'allais justement l'expliquer, Monsieur Pressé, répondit Robert en riant.

Tous les enfants s'amusèrent de voir leur compagnon prendre la couleur d'un coucher de soleil sur la mer.

— Donc, les courbes de niveau, ce sont ces lignes indiquées sur la carte. Elles nous informent sur le relief du terrain. Savez-vous ce que signifie « relief »?

— C'est la forme du terrain, répondit fièrement Anne, les creux et les bosses.

— Exactement, approuva Robert, et, maintenant, regardez ici.

Robert désignait un point précis sur la carte.

— Nous sommes exactement ici. On voit les bâtiments du domaine de Marcel. Ici, c'est le sentier du chenil et, là, reconnaissez-vous cet endroit?

Toutes les têtes se penchèrent à l'unisson. Les jeunes découvraient leur environne-ment avec plaisir.

— C'est la grande glissade, s'exclama Emma.

— Oui. Et remarquez-vous combien les courbes de niveau sont très rapprochées les unes des autres?

— Oh! fit Anne, je crois que j'ai compris. Plus les lignes sont proches, plus la pente est raide.

— Bravo! s'exclama leur guide. En monta-gne, les courbes sont rapprochées et, dans les champs, elles sont éloignées. C'est une information essentielle quand vient le temps de planifier une expédition ou pour se repérer sur le terrain.

Maintenant, plusieurs doigts se baladaient sur la carte.

— On est arrivés par là en autobus.

— Je vois le chenil.

— Ça, c'est une grosse montagne!

Robert continua son exposé:

Là, c'est le lac Long, où vos amis se dirigent présentement avec leur attelage.

— Sur un lac, s'étonna Rosalie en ouvrant grand ses yeux bleus.

— Il est gelé, voyons, la taquina Emma.

Robert reprit la parole:

— Ce matin, nous partirons en expédition en raquettes. Nous nous dirigerons à la boussole jusque là, dit-il, en indiquant un point sur la carte. Je vous y ai préparé une surprise.

Pendant qu'ils y allaient tous de leurs commentaires joyeux, Anne scruta l'itinéraire afin de s'assurer qu'il n'y avait pas trop de relief sur leur route. Maxime se dirigeait déjà vers la porte.

— Holà! Maxime le pressé! Nous ne sommes pas encore prêts.

Maxime rebroussa chemin sous les rires moqueurs. Robert sortit une boussole de sa poche.

— C'est grâce à cela que nous ressortirons vivants de la forêt, dit-il. Y a-t-il quelqu'un parmi vous qui en connaît le fonctionnement?

— Moi! s'écria immédiatement Emma, mon grand-père nous a appris, à Anne et à moi.

La cousine d'Anne s'empara de la boussole sous le regard amusé de Robert.

— Dès qu'on connaît notre direction, expliqua fièrement Emma, on tourne le cadran jusqu'au chiffre désiré, puis on aligne l'aiguille du nord avec les lignes tracées sur le boîtier.

Emma tourna sur elle-même afin d'orienter la boussole.

— Puis, continua-t-elle, on se dirige dans la direction indiquée par la boussole.

— Bravo Emma, dit Robert en tendant la main afin de récupérer l'instrument, nous allons maintenant chercher le degré qui nous mènera à ma surprise.

À l'aide d'un crayon rouge, il traça une ligne sur la carte, indiquant leur trajectoire du tipi jusqu'à la destination finale. Il déposa ensuite l'instrument sur la carte et l'aligna avec le trait rouge.

— Donc, nous sommes ici et nous voulons aller là. J'oriente la boussole d'après cette direction et je tourne le cadran de façon à réorienter la flèche magnétique avec la flèche imprimée sur le boîtier. Cela nous donne quel chiffre?

— 225 degrés, répondit Anne.

— Retenez bien ce chiffre, notre survie en dépend. Maintenant, ouste! Allez vous habiller, moi je m'occupe du chocolat chaud.

Les enfants détalèrent comme une horde de chevaux sauvages pendant que Robert rassemblait le matériel. Il se dirigea vers la cuisine de son pas tranquille d'homme des bois, où l'attendait Henri avec deux thermos de breuvage bien chaud.

Emma, déclarée porteuse de boussole, avait tourné le cadran à 225 degrés sous l'œil attentif de Robert et du groupe. Le succès de l'expédition était entre ses mains tout de même! Après avoir bien aligné la flèche magnétique, elle pointa devant elle.

— Par ici!

— Je vais passer devant pour ouvrir la piste, décida Robert, car la neige est profonde.

Régulièrement, Robert vérifiait sa course sur la boussole que lui tendait Emma. Il expliqua aux enfants comment prendre un repère au loin, comme, par exemple, un arbre tordu. On s'y rend et, de là, on se fixe un nouveau but et ainsi de suite jusqu'à destination.

Les raquetteurs se suivaient à la file indienne dans la neige poudreuse et, mis à part quelques bousculades, tout se déroulait à merveille.

Au bout de quarante minutes de cet exercice, Rosalie se plaignit :

— Robeeert, Maxime n'arrête pas de marcher sur mes raquettes pour me faire tomber.

Derrière elle, Maxime était tout sourire. Robert l'invita à l'avant.

— Si tu débordes d'énergie mon garçon, aussi bien en profiter. Tu vas faire la trace mon grand !

Fanfaron, Maxime dépassa ses amis et se plaça en tête. Avec l'aide de Robert, il trouva un repère à rejoindre devant lui puis se mit vaillamment en route. Au début, le groupe éprouvait de la difficulté à le suivre. Puis, peu à peu, Maxime ralentit le pas, trébucha, se retint de justesse, repartit de nouveau pour finalement s'étaler face première dans la neige. Robert eut pitié de lui et le releva sans effort.

— Qui veut prendre la relève ?

— Moi, fit un autre garçon.

Maxime laissa sa place sans un mot. Il paraissait exténué. Robert l'encouragea :

— Tu as fait du bon travail. Même moi, je ne pouvais pas te suivre au début.

Ces quelques paroles redonnèrent du courage au garçon aux cheveux noirs et il reprit instantanément des forces.

Soudain, Robert leur donna l'ordre de s'arrêter.

— Regardez sous le sapin, là-bas, à votre gauche, la boule blanche immobile : c'est un lièvre. Il a peur de nous et essaie de se confondre dans son environnement.

— Ohhh ! s'extasièrent les filles.

— Wow ! firent les garçons.

— Je vais m'approcher tout doucement pour le faire bouger, murmura Robert. Restez où vous êtes !

À pas de loup, leur guide s'avança en se courbant le plus possible. Il se déplaçait avec aisance dans la neige abondante. Lorsqu'il ne fut plus qu'à quelques pas de l'animal, celui-ci s'enfuit à grands bonds.

— Ce qu'il est mignon, s'exclama Anne.

— Remarquez les pistes autour de vous, expliqua Robert, deux grands pieds à l'arrière et deux petits à l'intérieur. Ils tapissent le couvert des sapins de leurs allées et venues et créent de véritables autoroutes pour se déplacer et survivre pendant l'hiver. Saviez-vous qu'il était blanc pendant la saison froide et brun l'été afin de se camoufler efficacement ? Imaginez si, nous aussi, on changeait de couleur à chaque saison !

Anne sourit en visualisant sa cousine selon les couleurs de l'automne...

— C'est quoi, les petites boules brunes sur la neige ? demanda Rosalie.

— Tu es décourageante, dit Maxime, c'est leurs crottes, voyons !

Les joues colorées par le froid, Rosalie réussit à rougir encore plus.

— Allons, intervint Robert, nous approchons du but, je prends la tête. Passe-moi la boussole, Emma.

Quelques efforts plus tard, les randonneurs débouchèrent dans un petit vallon dégagé.

— Voilà mon chalet d'hiver, annonça fièrement Robert.

Les enfants regardaient sans comprendre une énorme butte de neige ronde. Leur guide leur fit signe de s'approcher. Du côté opposé à leur arrivée se trouvait une ouverture fermée par un gros bloc de neige durcie par le vent.

Robert le fit pivoter légèrement sur lui-même et aussitôt Emma s'écria :

— C'est un igloo!

— Non, ma chère, corrigea Robert, c'est un quinzee.

— Un quoi? fit quelqu'un.

— Un quinzee, c'est un abri d'hiver. Il se différencie de l'igloo dans sa construction. Au lieu d'empiler de gros blocs de neige, j'ai fait un immense tas et j'ai laissé reposer la neige ainsi accumulée plusieurs heures, afin qu'elle s'entasse bien et durcisse. Ensuite, j'ai tout simplement creusé l'intérieur. Ce n'est pas une habitation aussi durable qu'un igloo, mais beaucoup plus facile à monter. Je viens y dormir de temps à autre. Marcel et Didier l'ont expérimenté eux aussi. Je vous assure que c'est très confortable.

Par petits groupes de trois, les jeunes visitèrent le chalet de Robert. La température intérieure s'avérait effectivement presque agréable. L'espace habitable était rond et au fond se trouvait une petite plateforme surélevée recouverte de branchages de sapin. Au plafond, un petit trou servait à l'aération.

— Wow! s'exclama Emma, tu n'as pas froid pendant la nuit?

— Non ! Bien entendu, j'ai un très bon sac de couchage et j'allume quelques bougies. Grâce à elles, mon thermomètre affiche près de zéro malgré le froid extérieur. La plateforme pour dormir me permet de gagner quelques degrés supplémentaires, car l'air chaud monte au plafond tandis que l'air froid stagne au sol.

— Est-ce que c'est long à construire ? Peut-on en faire un tout de suite ? débita Maxime à toute vitesse.

— Malheureusement, on aurait besoin de plusieurs heures. Vous devrez revenir une autre fois. Il est même possible d'en fabriquer un dans votre propre cour avec l'aide de vos parents. Je vous laisserai les instructions sur papier avant votre départ.

Déjà, des projets prenaient forme dans la tête des enfants.

— La neige est fascinante, continua Robert en ramassant une poignée de neige folle. J'ai construit cet abri avec de la neige de cette consistance. En laissant votre tas reposer pendant quelques heures, les flocons se brisent et se ressoudent afin de créer une substance solide.

Il laissa le vent emporter les délicats flocons.

Anne s'imagina dans son propre quinzee, chez elle. Son père et celui d'Emma examinaient la construction de Robert et semblaient intéressés à en construire un. Elle pourrait même inviter sa cousine Emma à dormir dedans. En souriant, elle visualisa son petit frère Samuel sautant tout autour de l'abri. Il montrait tant d'enthousiasme pour les nouvelles expériences.

— Hé Anne! Tu rêves debout! la taquina Maxime, réveille-toi si tu veux du chocolat chaud!

Robert sortit de son sac à dos les deux thermos préparés par M. Henri. Réchauffés par le sirupeux liquide, les randonneurs prirent le chemin du retour sous les cris joyeux des petites mésanges volant d'arbre en arbre.

M. Henri avait une fois de plus réussi l'exploit de venir à bout des appétits voraces. Sa cuisine nourrissante plaisait même aux bouches les plus fines. Les élèves ayant été initiés au traîneau en avant midi se faisaient un plaisir de crier haut et fort leurs exploits avec les huskies. Après le repas, ce serait au groupe d'Emma et Anne d'expérimenter ce mode de transport.

Patrick et Denis s'efforçaient de donner l'exemple en restant calmes, mais ils se sentaient aussi impatients que les enfants.

Le visage expressif de Mme Lucie s'animait pendant qu'elle décrivait de long en large la sortie du matin. Mme Jeanne, quant à elle, avait préféré demeurer bien au chaud en compagnie de M. Henri. Leurs conversations culinaires l'avaient charmée autant qu'une randonnée derrière ces loups sauvages, se plaisait-elle à répéter.

Marcel avait engagé du renfort pour accommoder le large groupe de débutants. Chaque traîneau aurait à son bord trois initiés pouvant à tour de rôle se positionner sur les patins avec le guide.

Ce sont donc huit traîneaux attendant leurs passagers que retrouvèrent les enfants en arrivant au chenil. Les chiens, surexcités, voulaient tous être sélectionnés pour la sortie. Ils frétillaient au bout de leur chaîne, sautant et s'exprimant avec ce genre d'aboiement étouffé typique à leur race.

Marcel présenta ses assistants pour la journée, puis expliqua le déroulement de l'activité.

— Vous devez obéir à votre guide pendant toute la durée de la randonnée, soit environ une heure et demie. S'il vous dit de vous pencher vers la droite, faites-le. S'il vous dit de rester tranquilles, faites-le aussi. C'est très important. Il en va de la sécurité de tous et du plaisir que vous retirerez de votre expérience. Une fois rendus au lac Long, vous pourrez, chacun votre tour, conduire l'attelage si vous le désirez. Le point le plus important : seul le conducteur donne des ordres aux chiens. Tout le monde a bien compris ?

— Oui ! Oui ! Oui !

Les cris décuplèrent l'énervement des chiens, si bien qu'on ne s'entendait presque plus parler. Didier ajouta son grain de sel :

— Si on ne les attelle pas bientôt, ces clébards vont perdre la boule.

Marcel lui envoya une amicale, mais énergique tape sur l'épaule.

— Bien parlé, le Français, montre-nous donc comment tu t'y prends !

Content d'être le point de mire des jeunes, Didier se dirigea vers Boy, un des meilleurs chiens de tête de Marcel. Il l'empoigna solidement par le collier avant de le détacher. Tout en travaillant, il commentait ses gestes.

— Le chien de tête est le premier à être attelé. Il est discipliné et extrêmement intelligent. Les autres prennent exemple sur lui. Ils n'obéissent pas au *musher*, mais à leur chef.

Il parla au magnifique husky :

— Allez, viens Boy ! Ne me fais pas honte, s'il te plaît !

La bête puissante s'installa docilement à sa position, fière de son rang de dominant. Boy se laissa attacher et resta calme en attendant ses coéquipiers.

— Ensuite, continua Didier, tout dépend de la personnalité de chaque chien. Par exemple, je vais maintenant aller chercher Camelot avec sa compagne Sylka, car il est très impatient et fait des bêtises si elle n'est pas à ses côtés. Ces deux chiens vont à l'arrière du traîneau, car ils sont très forts.

Didier avait le souffle court en parlant, car Camelot lui donnait du fil à retordre. Marcel suivait la scène, prêt à intervenir, mais, pour l'instant, il s'amusait ferme en observant son jeune stagiaire se débrouiller seul.

C'est ainsi que l'attelage du Français fut progressivement formé. Les six huskies avaient fière allure. Marcel dut crier de sa voix la plus autoritaire afin de restaurer un semblant d'ordre parmi tous les chiens du chenil, car c'était maintenant le chaos. Les chiens n'en pouvaient plus d'attendre. Ils tournaient en rond au bout de leur corde, ils hurlaient et semblaient presque pleurer. Ils voulaient courir. Marcel fit alors signe aux autres guides de former leur équipage.

Après avoir vérifié que le frein de son traîneau était bien en place, Didier s'approcha des quatre inséparables amis:

— Je ne peux embarquer que trois d'entre vous, se désola-t-il.

Maxime ne lui donna pas le temps de finir sa phrase:

— Ce n'est pas grave, je vais aller avec mon ami Jean.

Déjà, il courait vers un autre groupe.

— Hé bien, il ne perd pas de temps en discussions celui-là, déclara Didier, éberlué.

— C'est ce que j'aime de lui, dit Emma, rien n'est compliqué. Est-ce que je vais pouvoir conduire la première?

Didier éclata de rire.

— Tu es assez vite toi aussi!

— C'est ce que j'aime chez ma cousine, ajouta Anne en riant, je ne m'ennuie jamais avec elle.

Peu de temps après, tous les attelages étaient fin prêts et les guides pesaient de tout leur poids sur le frein pendant que les enfants montaient à bord. Au signal de Marcel, les conducteurs libérèrent les entraves et les huskies se mirent à tirer en aboyant de plaisir.

Emma cria de joie, Rosalie et Anne rirent de plaisir et Didier encouragea son chien de tête :

— Go, Boy, go!

Les attelages se succédaient sur le sentier de neige immaculée. La forêt défilait de chaque côté et les pointes de conifères se profilaient sur le ciel éclatant de cette belle journée d'hiver.

Les filles étaient hypnotisées par le spectacle des chiens trottant à vive allure tout en démontrant leur bonheur de façon bruyante.

Didier haussa la voix derrière :

— Ah mes amies ! J'adore vos forêts ! Elles sont si vastes qu'on pourrait y cacher trois fois mon pays tout entier. Tenez bien votre galurin, on va descendre dans la vallée. Les chiens vont prendre de la vitesse.

Emma questionna Anne du regard. Leur « galurin » ? Anne pointa sa tuque et Rosalie rigola de plus belle lorsque le traîneau amorça la longue descente.

— À mon signal, penchez-vous vers la droite, cria Didier.

Au loin se dessinait un large virage. Sous les ordres de leur guide, les trois filles s'inclinèrent vers la droite pendant que le Français s'adressait à son attelage.

— Dji ! Dji ! (Cela signifiait « à droite » en langage husky).

Les trente minutes suivantes alternèrent entre virages à gauche et virages à droite. Les trois amies penchaient d'un côté puis de l'autre sous les ordres de Didier. Elles faisaient maintenant corps avec le traîneau et les chiens. C'était tout simplement exaltant!

Ils arrivèrent bientôt au lac Long. Tous les équipages s'immobilisèrent pour une pause.

Sitôt débarqués des traîneaux, les enfants retrouvèrent leurs compagnons et échangèrent leurs impressions. Marcel annonça que c'était à cet endroit que ceux qui le désiraient pouvaient faire l'essai de la conduite.

Emma prit immédiatement place devant Didier sur les patins. Anne et Rosalie s'installèrent à nouveau à leur poste. Du coin de l'œil, Emma aperçut son père aux commandes d'un traîneau. Confiant, il lui envoya un petit salut et fut pris par surprise lorsque son attelage démarra d'un coup sec, manquant de peu le désarçonner. Didier rassura Emma.

— Ne t'inquiète pas, Emma, nous allons effectuer un départ en douceur. Tiens-toi bien tout de même! À toi de donner l'ordre du départ!

— Hum! Hum! fit Emma, nerveuse. *Go!*

Puis, plus fort:

— *Go! Go!*

Didier, tous les sens en alerte, relâcha graduellement le frein afin qu'Emma ne vive pas les mêmes émotions que son père. Le traîneau se mit en mouvement lentement et Emma échappa un cri de triomphe.

— Yahou!

Derrière elle, Didier éclata de rire. L'équipage fila jusqu'au bout du lac gelé.

Sur les instructions de son guide, Emma donna l'ordre de faire demi-tour.

— Dji!

Didier mit tout son poids sur le patin droit et l'attelage effectua un demi-tour parfait. Ils revinrent à leur point de départ, où Didier et Emma crièrent «Wo!» à l'unisson.

Courir s'avérait l'activité préférée des huskies. Leur demander d'arrêter ne leur faisait jamais plaisir. Afin de retenir leur ardeur, Didier enfonça profondément le frein dans la neige durcie pour permettre à l'attelage de s'immobiliser. Emma mit pied à terre. Anne débarqua à son tour et sa cousine se jeta sur elle.

— Oh Anne! C'était fantastique! Je serais allée jusqu'au pôle Nord!

Patrick retrouva sa fille et l'étreignit avec fierté.

— Bravo Emma! Une vraie *musher!* Avoue que je ne me suis pas trop mal débrouillé moi aussi. J'ai réussi à me cramponner au départ...

Didier invita Anne à prendre place devant lui sur les patins. Celle-ci était légèrement inquiète. La vision de son oncle frôlant l'éjection la tourmentait. Elle vit son père se positionner à son tour devant son guide. Il lui envoya un baiser. Anne sentit alors son courage lui revenir.

— Je suis prête, annonça-t-elle à Didier, mais pas trop vite, d'accord?

— C'est promis, Anne. Allez, les filles, embarquez!

À son tour, Anne expérimenta l'exaltation de glisser sur la neige aux commandes de six chiens vigoureux, aboyant de plaisir. Le point de vue du poste de pilotage était différent. On voyait loin et la sensation de vitesse était grisante.

À la suite d'Anne, Rosalie effectua l'aller-retour elle aussi et les élèves se regroupèrent ensuite pour une petite collation avant de revenir au domaine. Chacun débordait d'enthousiasme à propos de son expérience. L'excitation accélérait le débit de parole de Maxime et Didier sauta sur l'occasion pour se moquer.

— Holà Maxime ! Ralentis, tu vas faire fondre la glace du lac.

Les éclats de rire se répercutèrent jusqu'aux berges. Marcel donna finalement le signal du départ.

Chacun reprit sa place et les joyeux attelages réintégrèrent à la queue leu leu le chemin du retour.

La tête inclinée vers l'arrière, Anne contemplait les cimes enneigées des arbres qui défilaient à sa droite. La course régulière des chiens avait un effet hypnotique. Elle avait les pieds gelés, mais c'était le dernier de ses soucis. Anne jeta un œil vers sa cousine. Celle-ci semblait apprécier le moment présent autant qu'elle. Ses yeux étincelaient. Emma écarta en riant une mèche récalcitrante qui fouettait ses joues rougies par le froid.

— Wo! Wo! les chiens! On est arrivés!
Allez-vous arrêter, bande de clébards!

Aux yeux de tous, la sortie avait passé
trop vite. Les enfants rêvaient déjà à la
journée du lendemain. Marcel avait promis que tout le monde sortirait en même
temps pour une journée d'expédition en
plein air à la façon des coureurs des bois.

Au souper, l'ambiance était festive. Denis
mima de façon fort comique le départ
fulgurant de Patrick et fit rigoler toute la
salle, Mme Jeanne y compris.

M. Henri fut ovationné pour son succu-
lent pouding chômeur à l'érable. Même
Didier affirma que ce savoureux dessert
québécois surpassait la meilleure des pâ-
tisseries françaises. Pendant la journée,
Mme Jeanne avait rempli un cahier entier
de recettes que M. Henri partageait avec
bonté.

Au son d'une musique endiablée, tout le
monde se mit joyeusement à la corvée
de vaisselle. Mme Jeanne, emportée par
l'atmosphère de fête, se laissa convaincre
par Robert de participer à l'expédition du
lendemain.

Quand tout fut bien rangé, Marcel convia le groupe à une partie de cache-cache à l'extérieur avec interdiction de s'aventurer dans la forêt.

Emma et Maxime se tenaient silencieux. Enfin, Maxime faisait du mieux qu'il pouvait. Cachés derrière la grosse bonbonne de propane de la cuisine de M. Henri, les deux amis anticipaient le plaisir d'être découverts les derniers. Emma risqua un œil et aperçut Robert qui se dirigeait vers eux. Elle recula rapidement et fit signe à Maxime de se taire.

En se tournant vers son ami, Emma dirigea son regard vers la noirceur entre les arbres, derrière eux. Elle fronça tout à coup les sourcils :

— Maxime, j'ai vu quelque chose.

— Chut, intima celui-ci, sinon Robert va nous trouver, il est tout près.

Emma avait perdu tout intérêt au jeu.

— Ça ressemblait à une grande ombre, Maxime !

Le garçon aux cheveux noirs ouvrit grand les yeux et demanda de sa voix claire :

— En es-tu sûre, Emma ?

— Ah ! Ah ! s'exclama Robert, vous voilà ! Vous n'êtes pas très discrets, on vous entend à des kilomètres.

— Emma a vu le Wendigo, Robert.

Emma atténua les propos de son ami :

— J'ai vu comme une ombre se déplacer dans la forêt, là, fit-elle en pointant l'obscurité. Robert, c'est peut-être le Wendigo qui détache les chiens de M. Marcel ?

Robert afficha un air sérieux :

— Le Wendigo ne détache pas des chiens. Il ne faut pas se moquer. Ça porte malheur.

Malgré lui, Robert jeta un œil furtif vers la forêt.

— Venez, aidez-moi à trouver vos compagnons.

Quand tout le monde fut à nouveau rassemblé, Anne retrouva sa cousine, qui lui raconta ce qu'elle avait vu.

— Je suis certaine de ce que j'ai vu, Anne! Je ne crois pas vraiment au Wendigo, mais c'est peut-être un voleur de chiens. On devrait faire quelque chose.

Anne leva les yeux au ciel, découragée. Jamais moyen de vivre des vacances normales avec sa cousine. Emma continua:

— Robert n'a pas voulu me croire quand je lui en ai parlé. On dirait qu'il a peur.

Didier, qui avait entendu leur conversation, s'approcha:

— Ah mes amies! Robert a la superstition de ses ancêtres dans le sang. Il ne faut pas lui en vouloir. Moi, par contre, petit Français inculte, je suis d'accord avec toi, Emma. Il y a quelque chose de louche dans le fait que des chiens se détachent tout seuls. La nuit porte conseil. Je vais réfléchir à un moyen d'élucider ce problème pendant au moins deux grosses secondes avant de m'endormir ce soir.

À voir les enfants, les paupières lourdes, siroter leur chocolat chaud avant le coucher, Didier n'allait sûrement pas être le seul à s'effondrer de sommeil dans son lit ce soir-là.

Plus tard dans la nuit, la bande d'huskies reprit son concert de hurlements, mais à peine effleurèrent-ils le lourd sommeil des explorateurs dormant à poings fermés.

CHAPITRE CINQ

La grande expédition

Le lendemain matin, dans le dortoir, c'était la confusion totale. Le jour de l'expédition était enfin arrivé et tous devaient être habillés chaudement pour affronter un mercure avoisinant les vingt degrés Celsius sous zéro.

— Maxime, as-tu de bons bas chauds? s'inquiétait Mme Jeanne.

— Mme Lucie, je ne trouve plus mes mitaines! s'alarmait un élève.

Dans un coin, des garçons faisaient une bagarre d'oreillers et Patrick devait résister à l'envie de se joindre à eux.

Mme Jeanne se laissa retomber lourdement sur son lit, découragée.

— M. Marcel nous attend au chenil. Nous ne serons jamais prêts à temps.

Denis et Patrick eurent pitié de la professeure. Avec l'aide de Mme Lucie, ils inspectèrent l'habillement de chaque explorateur et les expédièrent à l'extérieur au fur et à mesure. Les retardataires furent menacés par Mme Lucie de demeurer au dortoir afin de faire le ménage. Curieusement, les choses se déroulèrent rondement à partir de ce moment.

Quelques minutes plus tard, le groupe se dirigeait gaiement vers le point de rendez-vous. Emma gambadait aux côtés de sa cousine. La neige crissait sous leurs pas.

— Tu te rends compte, Anne? On va vivre une expédition comme les explorateurs d'antan.

— Oui, j'ai tellement hâte, moi aussi. Il parait que M. Marcel a engagé des guides supplémentaires pour qu'on parte tous en même temps.

— Moi, j'ai hâte de goûter au dîner de M. Henri, ajouta à toute vitesse Maxime.

Robert m'a dit qu'il le ferait réchauffer sur un feu de bois.

Rosalie se joignit à eux :

— Emma, ta professeure aussi participe à l'activité ?

Emma acquiesça en riant.

— J'espère que Mme Jeanne ne mettra pas encore les pieds à la mauvaise place.

Ils s'amusèrent en repensant à la mésaventure de la professeure.

Didier s'approcha d'eux avec sa bonne humeur habituelle.

— Alors, les mômes, j'espère que vous avez bien dormi et bien petit-déjeuné ?

— Ah non, répondit immédiatement Maxime, on a pris un gros déjeuner, pas un petit.

— Idiot, le gronda amicalement Emma, en France, le déjeuner se nomme le « petit-déjeuner ».

— C'est vrai, admit Didier, d'ailleurs on mange légèrement le matin : un petit bout de baguette trempé dans le café ou le chocolat chaud et hop! Au boulot! Vous, par contre, c'est pas croyable ce que vous pouvez vous envoyer derrière la cravate sitôt sortis du lit.

— Heu, les filles ne portent pas de cravates, bredouilla Maxime.

Cette fois-ci, ce fut Rosalie qui reprit le garçon aux cheveux noirs:

— Comme tu manques de culture, mon pauvre Maxime. Tu devrais savoir que l'expression « envoyer derrière la cravate » signifie « avaler », « boire », « manger » ou « ingurgiter ».

Ils approchaient du chenil et les aboiements des chiens résonnaient dans l'air hivernal.

— Ils ont l'air vraiment excités ce matin, remarqua Anne.

— Oh que si, répondit Didier, ils ont vraiment la patate!

— Quelle patate? demanda Rosalie, les yeux ronds.

— Ils sont en grande forme. Les huskies sont des bêtes très intelligentes. Ils sentent qu'aujourd'hui est un grand jour pour eux. La balade sera longue et ils adorent. Par contre, le patron est de mauvais poil ce matin. Dès potron-minet, un de ses meilleurs chiens était introuvable.

— Qu'est-ce que c'est que cette histoire de minet ? Je n'ai pas vu de chats dans le chenil l'autre jour, s'exclama Emma.

Cette fois-ci, ni Rosalie ni Anne ne connaissaient la réponse à la question de leur amie.

— Ah ! Excusez-moi, je veux dire tôt ce matin. Donc, Marcel a piqué une des ces colères au chenil... j'ai cru qu'il allait exploser. Robert et moi avons ratissé les alentours et finalement Mouski a été ramenée par la peau du cou.

Patrick participa à la conversation :

— Ce n'est sûrement pas normal, ces chiens qui s'évadent à tout bout de champ. Quelqu'un veut sûrement lui jouer un tour.

— Alors c'est un très mauvais tour parce que le patron devient de plus en plus fou de rage. Ça commence à lui courir sur le haricot. Je ne voudrais pas être à la place de celui qui se fera prendre. De toute façon, il n'y a pas grand voisins aux alentours. Je ne comprends vraiment pas ce qui se passe.

— Moi, je pense que le Wendigo est derrière tout cela, affirma sérieusement Maxime.

Alors qu'ils arrivaient à l'orée du chenil, Didier leur donna un conseil:

— N'en parlez pas à Marcel, ça le rend malade.

Le spectacle était saisissant. Les douze traîneaux étaient alignés côte-à-côte avec leur chien de tête déjà attelé. Ceux-ci attendaient patiemment leurs congénères. Tirant frénétiquement sur leur chaîne, les autres huskies lâchaient de petits cris plaintifs en espérant faire partie de l'expédition.

Marcel s'approcha des élèves. Sa colère du matin semblait être chose du passé.

— Bonjour explorateurs! Tout le monde est en forme?

— Ouiii!

Dans le groupe enthousiaste, seul Mme Jeanne jetait des regards inquiets vers les traîneaux. Elle devait regretter sa décision. Au loin, Robert l'aperçut et devina son angoisse. Il lui fit un signe encourageant de la main.

— Aujourd'hui, continua Marcel de sa grosse voix, nous partons explorer l'arrière-pays. Nous mangerons un bon repas, gracieuseté de notre cher cuisinier. Notre ami Robert nous démontrera une fois de plus son savoir-faire en forêt en allumant le feu sans allumettes.

Robert fit rire la foule en effectuant une révérence tout en tenant fermement par le collier un chien dans chaque main.

— Regroupez-vous quatre par quatre. Chaque équipage sera accompagné par un guide expérimenté. Les mêmes consignes que lors de la sortie d'hier s'appliquent aujourd'hui. Le *musher* est le maître de l'équipage et vous lui devez une obéissance complète. C'est bien compris?

— Ouiii!

— Un dernier conseil: dirigez-vous tranquillement vers votre attelage. Les chiens sont déjà assez agités comme ça.

Effectivement, chaque minute écoulée semblait une torture pour les pauvres huskies. Les grosses bêtes sautaient littéralement sur place en hurlant. Dans leur enclos, les chiens de course de Marcel émettaient un vacarme infernal. Les guides devaient déployer tout leur savoir-faire afin de maîtriser les traîneaux pendant que les passagers s'installaient.

Cette fois-ci, les quatre amis se retrouvèrent ensemble. Didier appuyait de toutes ses forces sur le frein :

— Une chance que j'ai pris double ration d'œufs et de bacon ce matin. Ces clébards sont fous, ils tirent comme des forcenés. Embarquez avant qu'ils ne nous catapultent dans le décor. Tranquilles, les chiens, tranquilles !

Marcel s'approcha et d'un seul ordre calma son chien de tête :

— Assis, Boy.

Docile, Boy obéit immédiatement. Les autres canins imitèrent leur chef. Quelques minutes plus tard, le convoi dévalait le sentier. À bord, les sourires éclatants démontraient le bonheur des participants. Toute la forêt retentissait d'aboiements joyeux et d'ordres lancés par les conducteurs.

— Dji! Allez! *Go!*

Maxime fut le premier à se placer sur les patins en compagnie de Didier. Emma se retourna vers lui et pouffa de rire à la vue de son ami. Ses mèches virevoltaient sous l'effet du vent et de sa bouche grande ouverte ne sortait plus aucun son.

À mi-chemin de l'arrêt pour le dîner, Emma prit sa place.

— Prête? lui demanda Didier.

— Allons-y, déclara Emma, impatiente de s'élancer.

Les chiens bondirent avec entrain afin de poursuivre leur course folle. Emma était aux anges. La vitesse la grisait. De chaque côté, les arbres défilaient à vive allure. Marcel leur avait expliqué que ses chiens de course filaient à des vitesses bien supérieures à celles atteintes par ses chiens de randonnée - et, de surcroît, avec un traîneau beaucoup plus léger. Comme ce devait être enivrant, se disait Emma. Elle décida sur le champ que, plus tard, elle participerait à des courses elle aussi.

Didier la fit revenir au temps présent :

— Tu vois Camelot qui traîne une patte et jette régulièrement un regard vers nous ? Et bien, cela veut dire qu'il doit aller aux toilettes.

— Aux toilettes ? balbutia Emma.

— Regarde bien, je vais ralentir pour que les autres chiens ne se fassent pas éclabousser. Ce serait dommage, ils ont une si belle fourrure, rigola Didier.

Emma n'en croyait pas ses oreilles. Ni ses yeux d'ailleurs ! Dès que l'attelage eut ralenti, Camelot se soulagea tout en trottant, puis, sous les ordres de Didier, il reprit son rythme de croisière.

— Ha ! Ha ! Ha ! Avez-vous vu ça ? cria Maxime.

Anne et Rosalie ricanaient.

— Ils ne perdent pas de temps avec les petits détails de la vie courante mes huskies, proclama fièrement Didier.

L'attelage dévala ensuite une longue pente pour finalement se retrouver avec les autres, dans une petite clairière. La halte repas serait la bienvenue. L'air vif avait creusé les appétits.

Les chiens demeurèrent attelés et les ancres furent vérifiées deux fois plutôt qu'une.

Tout en se dégourdissant les jambes, tous et chacun échangeaient leurs impressions.

— C'est moi qui suis allé le plus vite !

— J'ai failli tomber du traineau...

— Un de mes chiens a fait ses besoins pendant qu'il courait, ajouta fièrement Maxime.

Ce dernier commentaire amusa tout le monde. Mme Jeanne semblait ravie de sa randonnée. Robert lui annonça qu'après le dîner, elle pourrait se placer aux commandes avec lui. Aussitôt, la belle assurance de la professeure de Maxime et d'Emma retomba.

— Robert a encore du pain sur la planche s'il veut convaincre Mme Jeanne, se moqua Denis.

— Je veux bien prendre sa place si elle ne désire pas conduire, répliqua Patrick, je crois que j'ai la piqûre. À Noël, je demande des chiens et un traîneau, ajouta-t-il en riant.

— Oh oui Papa! dit Emma, qui entendait toujours tout. Moi aussi, je veux faire des courses.

Anne tira sa cousine par la manche:

— Emma, viens voir, Robert va allumer un feu pour réchauffer la soupe de M. Henri.

Aidé par plusieurs enfants, Robert avait amassé du bois sec et maintenant il expliquait patiemment comment préparer le feu sans allumettes.

— Afin que notre feu ne s'enfonce pas dans la neige, je lui fabrique un support avec du bois vert qui, lui, ne brûlera pas.

Il joignit le geste à la parole en alignant deux par deux ses morceaux au fond du trou creusé dans la neige. Ensuite, il poursuivit ses explications.

— Sur ce support, je dépose les écorces de bouleaux, puis les petites brindilles sèches. Je remercie mes nombreux assistants pour leur récolte prélevée sur les épinettes avoisinantes. Je suis maintenant prêt pour allumer le feu avec ceci.

Il brandit triomphalement de la poche de son parka un petit rectangle gris d'environ trois centimètres carrés.

— Ça ne ressemble pas du tout à des allumettes, confia Emma à sa cousine.

— Ça doit être un truc du genre Wendigo, se moqua Maxime.

Didier lui enfonça sa tuque sur les yeux.

— Tais-toi petit ignorant! Robert est un vrai magicien en matière de survie en forêt.

Le magicien en question extirpa son canif d'une autre poche.

— Ce petit bloc est composé de magnésium. À l'aide de mon couteau, je râpe de petits copeaux au-dessus des brindilles et des écorces. Le magnésium s'enflamme facilement. Ensuite, en frappant la lame du canif contre l'autre côté du bloc, je vais produire de minuscules flammèches. Vous allez voir.

Robert produisit plusieurs filaments gris qu'il laissa tomber sur le bois d'allumage puis, avec des coups énergiques, créa des étincelles qui enflammèrent instantanément les filaments de magnésium. Par la suite, ce fut le tour de l'écorce de bouleau. Les flammes ainsi produites mirent le feu aux brindilles. Avec précaution, Robert ajouta graduellement du bois.

Quelques minutes plus tard, le feu crépitait. Marcel installa deux supports en bois sur lesquels il déposa une grosse branche. Didier et Robert y accrochèrent une énorme marmite contenant la soupe de M. Henri.

— M. Marcel, demanda Lucie, qui n'était jamais très loin du géant, parle-nous des courses auxquelles tu as participé.

Le grand barbu sourit et débuta son récit.

— J'ai commencé très jeune et je vais sûrement courir aussi longtemps que mon corps voudra suivre. C'est une passion. Il y a de belles courses dans la province, dont celle de Daaquam, près d'ici. Des coureurs de toute l'Amérique du Nord s'y retrouvent. Vous devriez voir ça. Les chiens deviennent fous à l'approche du départ. Je vous jure qu'ils savent compter. Lorsque le responsable au chronomètre égrène les secondes, ça prend trois gars pour retenir le traîneau. Les chiens tirent de plus en plus fort et à la dernière seconde on dirait qu'ils vont tout arracher.

Tout en parlant, Marcel tenait les poignées d'un traîneau imaginaire dans ses grosses mains. Il se cramponnait en se penchant vers l'avant. Tous sursautèrent lorsqu'il s'écria soudainement:

— Bang! Ils sont partis! Tenez-vous bien, sinon vous les perdez. Et là, vous criez comme un déchaîné: *Come on! Come on! Go! Go! Go!* Mais c'est inutile, les chiens courent comme s'ils avaient le diable à leurs trousses. On doit les forcer à ralentir dans les courbes, les épargner dans les montées, car ils ne réfléchissent pas. Pour eux, c'est droit devant.

Marcel se penchait d'un côté, puis penchait de l'autre. Son auditoire mimait inconsciemment tous ses gestes. Les chiens se mirent de la partie en hurlant tout à coup. On se serait cru au cœur d'une course enlevante.

— Mais, mon grand rêve, poursuivit le *musher*, c'est de participer à la course Iditarod d'ici deux ans.

— Y dit quoi? questionna Emma.

— Iditarod, corrigea Marcel en partant d'un énorme éclat de rire. C'est une course qui se dispute en Alaska depuis 1973. Elle commémore un événement ayant eu lieu en 1925. Un petit village isolé était aux prises avec une terrible épidémie. C'est alors que plusieurs équipages de chiens se sont relayés pendant une semaine afin de distribuer le médicament qui sauva de nombreuses vies. L'appellation Iditarod vient de l'une des étapes de la course s'arrêtant dans un ancien village du même nom.

Tout en brassant la soupe, Marcel continua.

— On doit bien se préparer pour Iditarod. Le trajet parcourt 1 840 kilomètres à travers de hautes montagnes, des rivières gelées, d'immenses forêts denses et d'impitoyables plaines battues par le vent. Tout au long des dix jours de l'épreuve, des arrêts sont prévus et les vétérinaires inspectent les chiens afin de s'assurer qu'ils sont en état de continuer. Une année, une femme *musher*…

— Ah! Il y a des femmes qui participent? interrompit Anne.

— Bien sûr! répondit Marcel, elles doivent être fortes et résistantes, mais elles s'avèrent de redoutables adversaires. Une année, une de ces femmes a été attaquée, avec ses chiens, par un orignal et dut se retirer de la course. Depuis, tous les participants doivent être armés afin de se défendre si le besoin se fait sentir.

— La soupe est prête, patron, annonça Didier.

— Je vais t'y tremper ta tête de Français si tu m'appelles encore patron, le taquina Marcel d'une voix bourrue.

Le délicieux liquide chaud fit un bien énorme aux explorateurs qui commençaient à grelotter.

Lorsque tout le monde fut rassasié, Robert étouffa le feu, les équipages réintégrèrent leur traîneau et le convoi reprit le chemin du retour.

Chacune leur tour, Anne et Rosalie prirent place aux commandes. Anne fit remarquer à Didier que Camelot semblait encore avoir besoin d'évacuer quelque chose. Il jetait des regards répétés vers l'arrière et tirait un peu de la patte.

— Ah le coquin ! s'exclama Didier. Cette fois-ci, il fait semblant. Je le connais, il s'ennuie toujours un peu sur le chemin du retour. Alors « monsieur » cherche des ennuis. Allez, les chiens, en avant !

L'attelage accéléra et le pauvre Camelot n'eut d'autre choix que de suivre.

Anne était de plus en plus étonnée.

— C'est vraiment une race très intelligente.

— Je dirais même qu'ils sont trop intelligents, renchérit Didier. Il faut constamment être plus rusé qu'eux et leur faire comprendre qui est le maître. Je les adore, ces gros toutous. J'ai hâte de rentrer au pays et de fonder ma propre entreprise. Par contre, toutes vos grandes forêts vont me manquer... ainsi que les Québécois, ajouta-t-il en riant.

Plus tard, sur la grande place, on ne voyait que des visages réjouis. Même Mme Jeanne avait conduit son attelage avec Robert et avouait avoir apprécié l'expérience.

— Après tout, ils sont gentils ces huskies, admit-elle.

La prochaine heure était dédiée au repos et à la douche avant le dernier souper aux « Joyaux des Appalaches ». M. Henri leur avait promis un repas époustouflant. Ensuite, Robert et Didier les invitaient à une soirée dansante dans le tipi géant.

— Houla! Houla! se plaignait Didier, j'ai encore trop mangé. Marcel, si ça continue, je ne pourrai pas retourner en France en avion. Mon poids va le clouer au sol.

Pour moi, il est déjà trop tard, s'esclaffa Marcel. Je dois ajouter un chien à mon attelage à chaque semaine par la faute d'Henri.

Comme promis, le fameux cuisinier s'était à nouveau surpassé. Dans le carnet de Mme Jeanne, les recettes de ce souper venaient s'ajouter à celles des jours précédents. Malgré sa ténacité, elle n'avait pas réussi à mettre la main sur les ingrédients de la trempette de M. Henri.

— Vous n'allez quand même pas partir avec tous mes secrets, s'était-il défendu, bien qu'il fût flatté des compliments dont l'abreuvait son admiratrice.

Une heure auparavant, à leur arrivée à la cafétéria, l'odeur délicieuse de dizaines de pâtés à la viande assaisonnés à la perfection flottait dans la salle. Les patates pilées accompagnant les pâtés s'étaient avérées aussi légères qu'un nuage et les frites de patates douces cuites au four avaient fait sensation. Pour couronner le tout, les tables croulaient sous le poids de succulentes tartes aux bleuets accompagnées de crème glacée onctueuse.

À sa table, Anne regardait sa cousine en faisant les yeux ronds:

— Comment fais-tu pour engouffrer tout ça? Je t'ai vue finir le dessert de Rosalie.

— C'est tellement bon, marmonna Emma, la bouche pleine.

— Moi, je ne pense pas que je pourrai danser ce soir, se lamenta Maxime, les deux mains sur l'estomac.

116

CHAPITRE SIX

Le piège

Le tipi géant avait été transformé en une fabuleuse discothèque. La musique endiablée était trop forte selon Mme Jeanne. Mme Lucie ne devait sûrement pas être du même avis, car elle se déhanchait avec plaisir sur le plancher de danse. Une énorme boule disco projetait des éclats lumineux sur toute la surface ronde du tipi. Robert était aux commandes de la musique et, parfois, sur l'estrade, il effectuait un heureux mélange de danse amérindienne et moderne.

Emma et Anne s'amusaient ferme de voir leurs pères se démener en compagnie de Marcel et de Lucie.

— Je ne savais pas que mon père savait danser, dit Anne.

Emma rigola.

— Tu appelles ça « danser » ? Papa n'est pas mieux. Demain, il va se plaindre qu'il a mal au dos et maman va le disputer.

Cette remarque leur rappela qu'ils quittaient le lendemain et les rendit un peu tristes. Didier, qui passait tout près, le remarqua.

— Alors, c'est quoi ces longs visages ? Vous n'aimez pas la danse ?

— Oh oui ! répondit Emma, mais on part déjà demain.

Didier se moqua gentiment :

— Ah ! Demain. Ce mot ne devrait pas exister. Comme le dit ma chère mémé, « demain ne t'appartient pas, mais aujourd'hui est tout à toi. Tires-en le maximum ».

Maxime et Rosalie se joignirent à eux, le visage rougi par l'exercice.

— Hé les amis ! Venez voir ! Robert a convaincu Mme Jeanne de danser avec lui.

En disant cela, Maxime ondulait le corps en imitant sa professeure.

Tous les cinq observèrent le curieux couple sur la piste. Robert marquait élégamment le rythme, comme ses ancêtres, au coin du feu, tandis que Mme Jeanne sautillait de façon comique d'un pied à l'autre.

— Elle ne se débrouille pas trop mal, avoua Didier. L'important, c'est de s'amuser. Et vous, mes amis, allez vous éclater et…

Leur ami français prit soudainement un air conspirateur et se pencha vers eux.

— Rejoignez-moi dans une heure derrière la cabane de M. Henri. J'ai un plan pour élucider le mystère des chiens qui se détachent tout seuls. J'aurai besoin de votre aide.

— Ah oui? C'est quoi ton plan? lança Maxime de sa voix haute.

— Tais-toi, idiot, fit Emma en lui couvrant la bouche, une chance que la musique est forte.

Puis, se tournant vers Didier:

— On sera là.

Elle entraîna ses compagnons vers la piste de danse où ils se mêlèrent à la foule en délire.

Une heure plus tard, Patrick buvait un rafraîchissement tout en s'épongeant le front. Denis, à ses côtés, reprenait graduellement son souffle.

— Ouf, fit le papa d'Emma, il y avait des années que je n'avais pas dansé de cette façon.

Il fit la moue.

— Demain, je vais avoir le dos en compote et Charlotte ne manquera pas l'occasion de me gronder.

Denis s'esclaffa, pendant que Patrick scrutait la foule.

— As-tu vu les filles dernièrement?

— Elles étaient avec nous, il y a quelques instants. Avec tous ces jeunes qui grouillent partout et ces lumières qui flashent, c'est comme chercher une aiguille dans une botte de foin. Ne t'inquiète donc pas!

— Je m'inquiète toujours pour Emma. Elle a un don pour s'attirer les ennuis.

— Alors, les gars, se moqua Marcel, on sent tout à coup le poids des années ?

Il semblait aussi énergique qu'au petit matin.

— La soirée est un succès, n'est-ce pas ?

Tous les trois regardaient vers la piste où Mme Lucie rivalisait d'originalité dans sa danse avec les élèves qui l'entouraient. Marcel se pencha vers eux.

— Cette Mme Lucie se débrouille aussi bien avec la musique qu'avec des chiens.

— Où est Didier ? demanda Denis en le cherchant des yeux, j'aimerais bien le voir danser celui-là.

— Je l'ai envoyé prendre soin des chiens. Pauvre garçon, je l'ai injustement accusé, au début, de la disparition de mes joyaux. Mais, depuis, je l'ai vu à l'œuvre et il est digne de confiance. Il fera un bon *musher* chez lui en France.

Le colosse fronça les sourcils.

— Par contre, si je pouvais attraper celui qui libère mes chiens comme ça...

Il donna un grand coup de poing dans sa paume.

— S'il le faut, je vais coucher dans une niche.

Patrick éclata de rire, mais redevint immédiatement sérieux devant l'air féroce de Marcel. Il ne voudrait pas être à la place du fautif.

Pendant ce temps, quatre silhouettes rasaient les murs dans le silence de cette nuit d'hiver afin de se rendre au rendez-vous suggéré par Didier. Celui-ci sortit subitement de sa cachette à l'approche de ses complices.

— Ah! firent Anne et Rosalie, effrayées.

— Vous en avez mis du temps, leur reprocha Didier.

Il se frotta les mains.

— Qu'est-ce que ça caille, ce soir!

— Ce n'était pas facile de s'éclipser sans éveiller les soupçons, expliqua Emma.

— Bof! Ce n'est pas grave. Voici mon plan.

Le Français déchargea à leurs pieds un énorme sac à dos.

— Cette nuit, je vais monter la garde près du chenil.

— Wow! Nous aussi! s'emballa Maxime.

Didier calma aussitôt leur ardeur.

— Oh non! Vous, vous devez dormir dans votre dortoir.

Quatre visages déçus le fixaient.

— Mais vous allez m'aider à monter le piège. Dès qu'il se déclenchera, vous devrez alerter Marcel et venir à ma rescousse.

— Le piège? fit Anne, tout à coup hésitante. Est-ce dangereux?

— Seulement pour moi, répondit Didier sur un ton tragique.

Maxime le regardait, bouche bée.

— Suivez-moi, je vous expliquerai en chemin. Ce soir, en vous couchant, organisez-vous pour rester habillés. De cette façon, vous gagnerez de précieuses minutes pour donner l'alerte.

L'excitation gagnait de plus en plus Emma. Elle adorait les missions secrètes. Tout au long du sentier menant au chenil, Didier décrivit son plan avec de grands gestes.

CHAPITRE SEPT

Capturé !

Les draps relevés jusqu'au menton, les quatre amis chuchotaient entre eux. Ni Mme Jeanne ni Mme Lucie ne devaient découvrir qu'ils n'étaient pas en pyjamas comme les autres élèves. L'excitation de cette soirée particulière repoussait le sommeil.

D'ailleurs, tout le dortoir semblait en ébullition. Les corps vibraient encore au souvenir de la musique endiablée. Les deux professeures en avaient plein les bras, ce qui permettait aux quatre compères de discuter entre eux sans trop se faire remarquer.

— J'ai encore les doigts gelés d'avoir tendu toutes ces cordes, se plaignit Anne.

— Moi aussi, ajouta Rosalie, mais c'était agréable de revoir les chiens.

— Les pauvres, ils n'arrêtaient pas de hurler, ils pensaient sûrement qu'on venait les chercher pour une balade, rigola Emma.

— Moi, déclara Maxime, j'aurais aimé que Didier actionne son klaxon spécial. Pensez-vous vraiment qu'on va l'entendre jusqu'ici ?

— Oh oui ! fit Anne, ce n'est pas pour rien qu'il ne voulait pas te faire de démonstration. À l'école, notre professeur d'éducation physique en a déjà eu un semblable pour donner un départ de course. Je te jure que ça fait un boucan du tonnerre comme l'a dit Didier.

— Quand il a dit ça, je pensais que son klaxon faisait de la boucane…

Les quatre amis enfoncèrent leurs visages dans leurs oreillers afin d'étouffer leurs rires. La voix autoritaire de Mme Lucie retentit.

— Vous quatre, je vous sépare si j'entends un mot de plus.

Tout à leur discussion, ils ne s'étaient pas rendu compte que le dortoir était mainte-

nant silencieux. Emma et ses amis s'effor-
cèrent de dormir quelques heures.

À plusieurs centaines de mètres de là, seul
sous les étoiles étincelantes dans le froid
mordant de février, un Français claquait
des dents en buvant son thermos de chocolat chaud et en se traitant de fou.

Le klaxon retentit aux petites heures du
matin. Emma bondit de son lit, tel un
ressort. Elle secoua immédiatement ses
compagnons.

— Vite! Réveillez-vous! Didier a besoin de
nous!

Sous les yeux ensommeillés des autres
dormeurs, ils se ruèrent vers le vestiaire
et sortirent avant même que Mme Lucie
réagisse.

Les quatre amis couraient vers la cabane
de Marcel. Le super klaxon de Didier emplit la nuit une fois de plus. Les hurlements
des chiens amplifièrent le sentiment de pa-
nique d'Emma et de ses amis.

Emma cogna à grands coups sur la porte du propriétaire du domaine. Dans son

énervement, elle ne s'arrêta pas lorsque Marcel leur ouvrit. Le géant reçut les coups sans broncher. De toute évidence, il avait entendu l'alarme lui aussi et se préparait à se diriger vers le chenil. Par contre, son étonnement de voir les enfants à sa porte à cette heure le fit s'immobiliser.

— Vite, M. Marcel! débita Maxime, Didier est avec le voleur!

Maxime venait de fracasser tous ses records de vitesse d'élocution.

— Mes chiens! s'exclama Marcel.

Il s'élança vers le sentier et Patrick apparut à son tour dans l'encadrement.

— Mais… Qu'est-ce qui se passe ici? Emma! Que faites-vous là?

Emma et ses amis s'envolaient déjà à la suite du *grand musher*. Tout en courant, elle cria à son père:

— Rejoignez-nous au chenil!

Un curieux spectacle les attendait. Sous les hurlements désordonnés de la meute d'huskies, Marcel et Didier, couverts de neige, retenaient leur prisonnier empêtré dans une énorme couverture. Çà et là, autour des arbres, de grosses cloches, reliées à l'aide d'une corde, gisaient dans la neige.

D'un seul ordre, Marcel fit taire ses chiens. Puis, sans délicatesse, il secoua le détenu.

— Avoue ! C'est toi qui essaies de voler mes chiens !

— Pitié ! Ne me faites pas de mal ! Je ne voulais pas voler vos chiens !

Didier, essoufflé par la lutte, secoua à son tour le malheureux.

— Tu vas te mettre à table, misérable voleur, sinon, le patron va vraiment se fâcher.

Pour une fois, Marcel ne s'offusqua pas du titre.

Les spectateurs, de plus en plus nombreux, ne perdaient pas une miette de l'échange.

— Je ne comprends pas pourquoi ils veulent l'inviter à souper après tous les problèmes qu'il a causés, s'étonna Emma.

Son père pouffa légèrement de rire.

— Mais non, Emma, « se mettre à table» est une expression qui signifie « avouer son crime». Oh! Ils lui ôtent maintenant la couverture. On va voir son visage.

Tous purent enfin voir les traits du malfaiteur. Curieusement, l'homme n'avait pas l'air méchant. Il n'essayait même pas de s'enfuir.

— Tout ce que je voulais, expliqua-t-il, c'était libérer ces pauvres bêtes de l'esclavage immonde dans lequel vous les maintenez.

Marcel sursauta :

— Quoi ? L'esclavage ! Vous ne savez pas de quoi vous parlez !

— Je vous conseille de ne pas dire plus d'absurdités, parce que je connais quelqu'un qui va recommencer à vous secouer, recommanda Didier en pointant Marcel.

En effet, celui-ci démontrait des signes évidents de colère. L'accuser, lui, de maltraiter ses joyaux…

— Mes chiens sont heureux ici, poursuivit Marcel. La preuve, c'est qu'ils n'allaient pas bien loin, une fois détachés.

Le prisonnier répliqua:

— Ils ont le cerveau lavé. Ils n'ont plus aucune initiative. Dès que je les détachais, ils tournaient en rond en hurlant. Je devais toujours m'enfuir avant d'avoir accompli ma mission.

Marcel bouilluil. Cette fois-ci, ce lut Robert qui intervint:

— Monsieur, vous parlez à travers votre chapeau. On voit bien que vous ne connaissez rien des chiens de traîneau.

Il fut interrompu par le prétendu voleur:

— Quand j'étais petit, mon voisin attelait des chiens et les battait pour les faire avancer.

Marcel l'arrêta immédiatement:

— Je ne bats jamais mes chiens, n'est-ce pas vous autres?

Toute l'assistance acquiesça vigoureusement. Patrick prit même la parole.

— Nous venons de passer deux jours merveilleux ici et je vous jure que ces chiens sont mieux traités que bien des bêtes domestiques.

Denis ajouta son opinion :

— Je dirais même que chaque fois que Marcel parle de ses chiens, il a presque la larme à l'œil.

Les rires détendirent l'atmosphère.

Robert demanda :

— Comment avez-vous fait pour effacer vos traces ?

— Je ne sortais que les nuits venteuses afin que le vent élimine les indices. De plus, je laissais traîner une branche d'épinette derrière moi par précaution. Mais, depuis que cette trâlée d'enfants est ici, je suis venu presque à tous les soirjours... parce que ce doit être encore pire pour les pauvres bêtes.

Marcel réfléchissait. Le prisonnier reprit la parole :

— Je me nomme Albert. S'il vous plaît, n'appelez pas la police... Je n'ai pas d'emploi... J'ai une famille qui m'attend à la maison. Mes enfants ne sont pas au courant de mes sorties nocturnes.

Marcel coupa court à ses lamentations :

— Albert, j'ai un marché à vous proposer. Je vous demande de travailler bénévolement quelques jours avec moi. Ça compensera pour tous les soucis que vous m'avez occasionnés. Après ça, je suis sûr que vous n'aurez plus d'inquiétudes à propos de mes chiens. Et, qui sait? Si vous avez vraiment le tour avec mes joyaux, vous pourriez peut-être remplacer mon stagiaire qui va bientôt rentrer en France.

Le voleur de chiens baissa les yeux:

— Ça me gêne terriblement.

Prenez ça comme une punition, lui dit Marcel en lui assénant une vigoureuse claque dans le dos. Et maintenant, tout le monde chez M. Henri. J'ai l'estomac dans les talons.

Emma et ses trois compères méritèrent une place à la table des adultes. Marcel remercia chaleureusement Didier et les enfants pour leur initiative.

— Mon cher Français, ajouta-t-il sur un ton moqueur, excuse-moi de t'avoir injustement accusé de ne pas savoir attacher correctement les chiens le soir.

Didier rit de bon cœur.

— Je dois avouer que j'étais sur le point de rentrer me coucher au chaud lorsqu'Albert s'est pointé. J'étais près de l'hypothermie au moment où mes cloches à vaches se sont déclenchées.

Cinq magnifiques cloches à vaches ornées de superbes décorations trônaient au milieu de la table.

Patrick demanda alors:

— Mais où diable as-tu déniché ces cloches?

— Elles viennent de chez moi, expliqua Didier, mon village natal est niché au coeur des Alpes. Chaque été de mon enfance, j'aidais mon oncle à guider son troupeau de vaches dans les alpages sur la montagne. Les vaches ont de belles cloches au cou et toute la vallée résonne de ces sons joyeux.

Malgré la fatigue de cette nuit mouvementée, le visage de Didier reflétait la fierté d'appartenir au peuple alpin.

— Tu les as apportées avec toi dans tes bagages? s'étonna Maxime.

— Hé oui! Il fallait que je garde avec moi un petit morceau de civilisation avant de plonger dans votre pays sauvage.

Le taquin reçut de multiples coups de coudes et même des sachets de sucre en réponse à cette boutade. Il continua en riant:

— J'ai bien failli devoir les laisser à l'aéroport. Le préposé aux douanes regardait d'un air suspect cette valise qui tintait. Je l'ai convaincu qu'elles avaient une valeur sentimentale à mes yeux et que je ne pouvais pas dormir sans elles.

Emma avala une énorme bouchée et demanda:

— Raconte-nous ce qui s'est passé cette nuit.

Avec beaucoup d'expression, le héros du jour décrivit son aventure:

— Après votre départ, je me suis fait un trou dans la neige, comme me l'a déjà enseigné Robert. En passant, merci Robert! Sans toi, je serais sûrement mort de froid.

Robert accepta ses remerciements, sourire en coin.

— Donc, recroquevillé sur mes branches pour m'isoler du froid, j'ai attendu. J'ai attendu et attendu. Je buvais mon chocolat chaud en rêvant de couvertures moelleuses. J'ai dû m'assoupir, car, soudainement, je me suis redressé en entendant les chiens qui s'agitaient.

Didier était maintenant debout sur sa chaise afin que tous puissent profiter du spectacle.

— Camelot, Sylka et Boy se sont mis à se plaindre, puis, tout à coup, le tonnerre explosa. Tous les chiens hurlaient ensemble et mes cloches sonnaient. J'ai bondi hors de mon trou. J'ai vu le voleur, heu..., Albert, empêtré dans la corde reliant les cloches que mes assistants et moi avions patiemment tendue autour du chenil quelques heures auparavant.

Les quatre assistants en question bombaient fièrement le torse.

— L'une des raquettes d'Albert était retenue par la corde et il jurait comme un charretier. Je vous fais grâce de cette partie de l'histoire.

De l'autre côté de la table, Mme Jeanne le remercia d'un sourire.

— C'est alors que j'ai sonné l'alarme avec mon klaxon et en criant comme un fou, je me suis jeté sur Albert avec ma couverture.

Marcel prit le relais du récit :

— Vous auriez dû voir ça ! À mon arrivée au chenil, les deux protagonistes formaient une boule de neige et de couverture d'où s'échappaient des jurons québécois et français. J'ai couru à travers les chiens survoltés et me suis jeté sur le tas.

Didier se massa le bas du dos en grimaçant.

— On s'est enfoncés d'au moins un mètre dans la neige. Pour ça, ce fut efficace. Nous n'avions plus le moindre souffle dans les poumons.

Toute la salle rigolait de la démonstration, même Albert qui, de plus en plus, trouvait ces gens bien trop sympathiques pour maltraiter de pauvres chiens. Décidemment, se dit-il, ma femme sera bien étonnée de mon nouvel emploi.

Mme Lucie se leva et grimpa à son tour sur sa chaise :

— J'aimerais remercier nos hôtes pour le merveilleux séjour qu'ils nous ont offert.

En disant cela, elle regardait intensément Marcel. Emma envoya un clin d'œil à sa cousine Anne qui, elle aussi, avait remarqué...

Tout le monde se leva spontanément et applaudit chaleureusement l'équipe des « Joyaux des Appalaches».

Une heure plus tard, l'autobus jaune ramenait ses passagers épuisés, mais heureux, vers l'école d'Anne. Ensuite, ce serait le retour au Bas-Saint-Laurent pour la classe d'Emma.

Une belle amitié s'était tissée entre les deux classes. Les jeunes continueraient de communiquer par le biais d'Internet. Dans quelques mois, une autre aventure les attendait, cette fois dans la région d'Emma...

FIN

TABLE DES MATIÈRES

2012-X2

Le présent ouvrage édité par
Les publications L'Avantage
a été achevé d'imprimé en octobre 2011

BOY 12-11